青い馬

第二號

青い馬　第二號　目次

風博士

坂口安吾

諸君は、東京市某區某町某番地なる風博士の邸宅を御存じであらう乎？　御存じない。それは大變殘念である。そして諸君は偉大なる風博士を御存知であらうか？　御存知ない。それは大變殘念である。では偉大なる風博士が自殺したことも御存じないであらうか？　ない。嗚乎。では諸君は遺書だけが發見されて、偉大なる風博士自體は杳として紛失したことも御存知ないであらうか？　ない。嗟乎。では諸君は僕が其筋の嫌疑のために並々ならぬ困難を感じてゐることも御存知ないのであらうか？　於戲。では諸君は僕が偉大なる風博士の愛弟子であつたことも御存じあるまい。しかし警察は知つてゐたのである。そして其筋の計算に由れば、偉大なる風博士は僕と共謀のうへ遺書を捏造して自殺を裝ひ、かくてかの憎むべき蛸博士の名譽毀損をたくらんだに相違あるまいと睨んだのである。諸君、これは明らかに誤解である。何となれば偉大なる風博士は自殺したからである。果して自殺した乎？　然り、偉大なる風博士は紛失したのである。諸君は輕率に眞理を疑つていいのであらうか？

なぜならそれは、諸君の生涯に様々な不運を齎らすに相違ないからである。眞理は信ぜらるべき性質のものであるから、諸君は偉大なる風博士の死を信じなければならない。そして諸君は、かの憎むべき蛸博士の――あ、諸君はかの憎むべき蛸博士を御存知であらうか？ 御存じない。噫吁、それは大變殘念である。では諸君は、まづ悲痛なる風博士の遺書を一讀しなければなるまい。

風博士の遺書

諸君、彼は禿頭である。然り、彼は禿頭である。禿頭以外の何物でも、斷じてこれある筈はない。彼は鬘を以て之の隱蔽をなしおるのである。ああこれ實に何たる滑稽！ 然り何たる滑稽である。ああ何たる滑稽である。かりに諸君、一擊を加へて彼の毛髮を强奪せりと想像し給へ。突如諸君は氣絶せんとするのである。而して諸君は氣絶以外の何物にも遭遇することは不可能である。即ち諸君は、猥褻名狀すべからざる無毛赤色の突起體に深く心魄を打たるるであらう。異様なる臭氣は諸氏の餘生に消えざる歎きを與へるに相違ない。忌憚なく言へば、彼こそ憎むべき蛸である、人間の假面を被り、內にあらゆる惡計を藏《カク》すところの蛸は即ち彼に外ならぬのである。

諸君、余を指して誣告の誹を止め給へ。何となれば、眞理に誓つて彼は禿頭である。倘疑はんとせば諸君よ、巴里府モンマルトル Bis 三番地、Perruquier ショオブ氏に訊き給へ。今を距ること四十八年前のことなり、二人の日本人留學生によつて鬘の購はれたることを記憶せざるや。一人は禿頭にして肥滿すること豚兒の如く愚昧の相を漂はし、その友人は黑髪明眸の美青年なりき、と。黑髪明眸なる友人こそ卽ち余である。見給へ諸君、ここに至つて彼は果然四十八年以前より禿げてゐたのである。於戯實に慨嘆の至に堪へんではない乎！高尙なること槲の木の如き諸君よ、諸君は何故彼如き陋劣漢を地上より埋沒せしめんと願はざる乎。彼は鬘を以てその禿頭を瞞著せんとするのである。

諸君、彼は余の憎むべき論敵である。單なる論敵であるか？否否否。千邊否。余の生活の全てに於て彼は又余の憎むべき仇敵である。實に憎むべきであるか？然り實に憎むべきである！諸君、彼の教養たるや淺薄至極でありますぞ。かりに諸君、聰明なること世界地圖の如き諸君よ、諸君は學識深遠なる蛸の存在を認容することが出來るであらうか？否否否、萬邊否。余はここに敢て彼の無學を公開せんとするものである。

諸君は南歐の小部落バスクを認識せらるるであらうか？佛蘭西、西班牙兩國の國境をなすピレネエ山脈を、やや佛蘭西に降る時、諸君は小部落バスクに逢著するのである。この珍奇なる部落は、人種、風俗、言語に於て西歐の全人種に隔絶し、實に地球の半廻轉を試みてのち、極東じやぽん國にいたつて初めて著しき類似を見出すのである。これ余の研究完成することなくしては、地球の怪談として深く諸氏の心膽を寒からしめたに相違ない。而して諸君安んぜよ、余の研究は完成し、世界平和に偉大なる貢獻を與へたのである。見給へ、源義經は成吉思可汗となつたのである。成吉思可汗は歐洲を侵略し、西班牙に至つてその消息を失ふたのである。然り、義經及びその一黨はピレネエ山中最も氣候の溫順なる所に老後の隱栖をトしたのである。之卽ちバスク開闢の歷史である。しかるに嗚乎、かの無禮なる蛸博士は不遜千萬にも余の偉大なる業績に異論を說へたのである。彼は曰く、蒙古の歐洲侵略は成吉思可汗の後繼者太宗の事蹟にかかり、成吉思可汗の死後十年の後に當る、と。實に何たる愚論淺識であらうか。失はれたる歷史に於て、單なる十年が何である乎！　實にこれ歷史の幽玄を冒瀆するも甚しいではないか。

さて諸君、彼の悪德を列擧するは余の甚だ不本意とするところである。なんとなれば、その犯行は奇想天外にして識者の常識を肯んぜしめず、むしろ余に對して誣告の誹を發せしむる憾みあるからである。たとへば諸君、頃日余の戶口に Banana の皮を撒布し余の殺害を企てたのも彼の方寸に相違ない。愉快にも余は臀部及び肩胛骨に輕微なる打撲傷を受けしのみにて腦震盪の被害を蒙るにはいたらなかつたのであるが、余の告訴に對し世人は擧げて余を罵倒したのである。諸君はよく余の悲しみを計りうるであらう乎。

賢明にして正大なること太平洋の如き諸君よ、諸君はこの悲痛なる椿事をも默殺するであらう乎。卽ち彼は余の妻を寢取つたのである！　而して諸君、再び明敏なること觸鬚の如き諸君よ、余の妻は麗はしきこと高山植物の如く、實に單なる植物ではなかつたのである。ああ三度冷靜なること扇風機の如き諸君よ、かの憎むべき蛸博士は何等の愛なくして余の妻を奪つたのである。何となれば諸君、ああ諸君永遠に蛸なる動物に戰慄せよ、卽ち余の妻はバスク生れの女性であつた。彼の女は余の研究を助くること、疑ひもなく地の鹽であつたのである。蛸博士はこの點に深く目をつけたのである。ああ、千慮の一失である。然り、千慮の一失である。余は不覺にも、蛸博士の禿頭なる事實を余の妻に敎へておかなかつたのである。そしてそのために不幸なる彼の女はつひに蛸博士に籠絡せられたのである。

ここに於てか諸君、余は奮然蹶起したのである。打倒蛸！　蛸博士を葬れ、然り、然り、懲膺せよ憎むべき惡徳漢！　然り然り。故に余は日夜その方策を錬つたのである。諸君はすでに、正當なる攻撃は一つとして彼の詭計に敵し難い故以を了解せられたに違ひない。而して今や、唯一策を地上に見出すのみである。然り、ただ一策である。故に余は深く決意をかため、鳥打帽に面體を隱してのち、夜陰に乘じて彼の邸宅に忍び入つたのである。長夜にわたつて余は、錠前に關する凡そあらゆる研究書を讀破しておいたのである。そのために、余は空氣の如く彼の寢室に侵入することができたのである。そして諸君、余は何のたわいもなくかの憎むべき鬘を余の掌中に收めたのである。諸君、目前に露出する無毛赤色の怪物を認めた時に、余は實に萬感胸にせまり、溢れ出る涙を禁じ難かつたのである。諸君よ、翌日の夜明けを期して、かの憎むべき蛸はつひに蛸自體の正體を遺憾なく曝露するに至るであらう！　余は躍る胸に鬘をひそめて、再び影の如く忍び出たのである。

しかるに諸君、ああ諸君、おお諸君。余は敗北したのである。惡略神の如しとは之か、ああ蛸は曲者の中の曲者である。誰かよく彼の神謀遠慮を豫測しうるであらう乎。翌日彼の禿頭は再び鬘に隱されてゐたのである。實に諸君、彼は秘かに別の鬘を貯藏してゐたのである。余は負けたり矣。刀折れ矢盡きたり矣。余の力を以つてして、彼の惡略に及ばざることすでに明白なり矣。諸氏よ、誰人かよく蛸を懲す勇士はなきや。蛸博士を葬れ！　彼を平和なる地上より抹殺せよ！　諸君は正義を愛さざる乎！　ああ止むを得ん次第である。しからば余の方より消え去ることにきめた。ああ悲しいかな。

諸君は偉大なる風博士の遺書を讀んで、どんなに深い感動を催されたであらうか？　そしてどんなに劇しい怒りを覺えられたであらうか？　僕にはよくお察しすることが出來るのである。偉大なる風博士はかくて自殺したのである。然り、偉大なる風博士は果して死んだのである。極めて不可解な方法によつて、そして屍體を殘さない方法によつて、それが行はれたために、一部の人々はこれは怪しいと睨んだのである。ああ僕は大變殘念である。それ故僕は、唯一の目撃者として、偉大なる風博士の臨終をつぶさに述べたいと思ふのである。

偉大なる博士は甚だ周章て者であつたのである。たとへば今、部屋の西南端に當る長椅子に腰懸けて一冊の書に讀み耽つてゐると假定するのである。次の瞬間に、偉大なる博士は東北端の肱掛椅子に埋もれて、實にあわただしく頁をくつてゐるのである。又偉大なる博士は水を呑む場合に、突如コツプを呑み込んでゐるのである。諸君はその時、實にあわただしい後悔と一緒に黄昏に似た沈默がこの書齋に閉ち籠もるのを認められるに相違ない。順つて、このあわただしい風潮は、この部屋にある全ての物質を感化せしめずにはおかなかつたのである。たとへば、時計はいそがしく十三時を打ち、禮節正しい來客がもぢもぢして腰を下さうとしない時に椅子は劇しい癇癪を鳴らし、物體の描く陰影は突如太陽に向つて走り出すのである。全てこれらの狼狽は極めて直線的な突風を描いて交錯するために、部屋の中には何本もの飛ぶ矢に似た眞空が閃光を散らして騒いでゐる習慣であつた。時には部屋の中央に一陣の龍卷が彼自身も亦周章てふためいて湧き起ることもあつたのである。その刹那偉大なる博士は屡々この龍卷に卷きこまれて、拳を振りながら忙がしく宙返りを打つのであつた。

さて、事件の起つた日は、丁度偉大なる博士の結婚式に相當してゐた。花嫁は當年十七歳の大變美くしい少女であつた。偉大なる博士が彼の女に目をつけたのは流石に偉大なる見識と言はねばならない。何となればこの少女は、街頭に立つて花を賣りながら、三日といふもの一本の花も賣れなかつたにかかわらず、主として雲を眺め、時たまネオンサインを眺めたにすぎぬほど悲劇に對して無邪氣であつた。偉大なる博士ならびに偉大なる博士等の描く旋風に對照して、これ程ふさわしい少女は稀にしか見當らないのである。僕はこの幸福な結婚式を祝福して牧師の役をつとめ、同時に食卓給仕人となる約束であつた。僕は僕の書齋に祭壇をつくり、花嫁と向き合せに端坐して偉大なる博士の來場を待ち構えてゐたのである。そのうちに夜が明け放たれたのである。流石に花嫁は驚くやうな輕率はしなかつたけれど、僕は內心穩かではなかつたのである。もしも偉大なる博士は間違へて外の人に結婚を申し込んでゐるのかも知れない。そしてその時どんな恥をかいて、地球一面にあわただしい旋風を卷き起すかも知れないのである。僕は花嫁に理由を述べ、自動車をいそがせて恩師の書齋へ駈けつけた。そして僕は深く安心したのである。その時偉大なる博士は西南端の長椅子に埋もれて、飽くことなく一書を貪り讀んでゐた。そして、今、東北端の肱掛椅子から移轉したばかりに相違ない證據には、一陣の突風が東北から西南にかけて目に泌み渡る多くの矢を描きながら走つてゐたのである。

「先生約束の時間がすぎました。」

僕はなるべく偉大なる博士を脅かさないやうに、特に靜粛なポォズをとつて口上を述べたのであるが、結果に於てそれは偉大なる博士を脅かすに充分であつた。なぜなら偉大なる博士は色は褪せてゐたけれど燕尾服を身にまとひ、そのうへ膝頭にはシルクハツトを載せて、大變立派なチユーリツプを胸のボタンにはさんでゐたからである。つまり偉大なる博士は深く結婚式を期待し、同時に深く結婚式を失念したに相違ない色々の條件を明示してゐた。

「POPOPO!」

偉大なる博士はシルクハツトを被り直したのである。そして數秒の間凝はしげに僕の顏を凝視めてゐたが、やがて失念してゐたものをありありと思ひ出した深い感動が表れたのであつた。

「TATATATAH!」

已にその瞬間、僕は鋭い叫び聲をきいたのみで、偉大なる博士の姿は蹴飛ばされた扉の向ふ側に見失つてゐた。僕はびつくりして追跡したのである、そして奇蹟の起つたのは卽ち丁度この瞬間であつた。偉大なる博士の姿は突然消え失せたのである。

諸君、開いた形跡のない戸口から、人間は絶對に出入しがたいものである。順つて偉大なる博士は外へ出なかつた相違ないのである。そして偉大なる博士は邸宅の内部にも居なかつたのである。僕は階段の途中に凝縮して、まだ響き殘つてゐるそのあわただしい跫音を耳にしながら、ただ一陣の突風が階段の下に舞ひ狂ふのを見たのみであつた。

諸君、偉大なる博士は風となつたのである。果して風となつたか？　然り、風となつたのである。何となればその姿が消え去せたではないか。姿見えざるは之即ち風である乎？　然り、之即ち風である。何となれば姿が見えないではない乎。これ風以外の何物でもあり得ない。風である。然り風である風である風である。諸氏は尚、この明白なる事實を疑るのであらうか？　それは大變殘念である。それでは僕は、さらに動かすべからざる科學的根據を附け加へやふ。この日、かの憎むべき蛸博士は、恰もこの同じ瞬間に於て、インフルエンザに犯されたのである。

物の本

菱山修三

夕が來て、高い松の木のほとりに蟬のみがかすかに啼きのこる。

閉ぢられた晝の本。人は讀書に草臥れる。暗い文字のなかに休む海。

人よ、私のなかにも暮れかかる海が在る。そこに遊んでゐる乏しい鷗共。彼等は羽搏きながら啼くが、啼きながら血《は》を喀くが。……

あはれに私にそれがみえる。私にそれがみえない。


身をおこせ、私は起《おき》る。手に重い私の本。

夕鳥

彼等は夕を啼いてゐる。彼等は樹々に住まふ巣を持つてゐる。――
彼等のうたが彈丸のやうに私の詩《うた》に穴をあける。

しらせ

屋上庭園で蜩《かなかな》がないてゐる。何處《どこ》に？　木の梢に？　木はない、
梢は分らない、澄み透つた空だけが一杯《いつぱい》だ。
屋上庭園で蜩がないてゐる。

一隅

庭は乾いた砥の色をしてゐる。夕方、そこに出ると、あをい篠がいちめんに人の顔にうつる。

黄薔薇

小笠原みち子

孤り行く
たそがれの道

街の巷の喧號は
遠いあの世の閉め忘れた
扉からのやうに
どんよりとひびいて來る

高い黒板塀が
兩側から襲ひかかる

ふと、行きずりに遭つた女《ヒト》の
髪に挿《サ》した黄バラが
今も尚　私の瞳にしみる。

悲歌

本多信

牢獄を歩くやうな氣持だつた。階段を一歩一歩おりる毎に、私の體が果て知れない不安と絶望の底へ沈んで行く氣持だつた。さようなら、と受付の老人にいつものやうに挨拶をしたあとで、私は長い溜息を吐いた。

廻轉扉は重かつた、人氣のない夕暮の街路へ出ると、私は痴呆のやうにいつまでもぼんやり立つてゐた。私は違つた世界に突き落されてゐたのだ。毎日見慣れたビルディングが、街路樹が、瓦斯燈が、見知らぬ人のやうに私を取り卷いてゐた、私は思はず顏を伏せた、一人だ！　一人だ！　淋しさが心の底から湧きあがつてきた。歩道の兩側には鐵扉をおろしたビルヂイングが竝んでゐた、夜が私を包んでゐた、靴の音だけが闇の中に氣味惡くひびいた。

私は電車へ乘つた、人々にげつそりした私の頬を見られるのが苦しかつた、私は片側の窓硝子へ身を寄せて外ばかり見てゐた。ビルディングの街が窓の外でだんだん遠のいていつた、私は一ぱいになる胸を押えて唇を嚙んだ。いつもは蒼ざめて見える人々の顏も、この日の私には幸福さうに映つた。あの人たちは仕事を持つてゐる！　働く場所を持つてゐる！　だが私は、とうとうただ一つの私の勤先から放り出されてしまつた、年老ひた母を抱えて、私はどうして生きて行かう、私は自分の瞳がひかりを失ひ、頭が空洞《うつろ》になつていくやうな氣がした。

家の近くまで來て、私は長い間玄關の戸に手が掛けられなかつた。母は長い脚氣で病床に居た、私の顏を見ると母は寢床の上で笑顏を見せた、私は堪らなかつた、とても心臟の弱り切つてゐる母に恐ろしい失職のことなど話す勇氣は出なかつた、私は努めて何氣ない樣子をしながら夕飯を食べた、けれども二口三口食べるともう咽喉を通らなかつた、私は母の前に座つてゐることに堪へられなかつた、それは一つの恐怖だつた。私は人々の雜踏する街の中へ逃げ出した、そこに私は、私の友人たちを探したかつた、せめて彼等にこの苦しさを訴へたかつた、私は友人たちの一言の慰めが欲しかつた。けれども私は一人の友人にも會へなかつた、私は何度も同じ街を往復した、夜が更けていつた、私はうなだれた暗い裏町を歩いてゐた。

寢靜まつた町に街燈だけがしよんぼり立つてゐた、いくら歩いても私には疲れすら感じる餘裕がなかつた、ただ生きる上の不安が霧のやうに私を包んでゐた。私一人を賴みにして生きてゐる母、それが私にはこの上もなく苦しかつた、一度墮ち込んだ失業群から浮び上ることの絕望に近いことを私は知つてゐた、それに左傾の嫌疑で馘首された私は、永久にこの蟻地獄から逃れ出ることは出來ないであらう。しつかりしろ！　沈んでいく自分を鞭打つやうに何度も私は心の中に叫んだ。その夜、私は明け方ちかくまで寢床の上で悶えた。

翌る日は日曜だつた、私は亂れた頭を休ませない氣持で理髪店へ行つた、鏡の中の蒼ざめた自分の顏を、私は他人の顔のやうに見つめた、理髪屋の主人は別の客と野球の話に夢中になつてゐた、私は眼を閉ぢて、ひとり母のことを考へてゐた。髭を剃るカミソリの音を聞きながら、私はこの瞬間が永遠につづいてくれたらいいと思つたりした。

午後、私は恩人のG氏の邸宅を訪れた。厭な話で來たのだといふと、G氏夫妻は心配さうに私の顔を覗きこんだ、私は出來るだけ元氣を見せて私の失職を告げた、母のことに觸れたときにはやつぱり聲が濁つてしまつた。G氏は意外の面持だつた、殊に左傾の嫌疑はG氏の輕い笑をさそつた、君みたいな溫厚な青年までが赤く見えるとは、いよいよ世智辛くなつたね、と言つた。私は皮肉を言はれたやうな氣がした。事實、私は實際運動に一足も踏みこんだわけではなかつた、ただ私は色々のことを知りたかつたので、同僚がお茶を飮んだり雜談したりする晝休みの時間を、私の貧しい讀書にあてたのだ、それは、はつきりと自分の行く道を知るための私の唯一の方法のやうに思はれた、そして知らないことを知る喜びは私を樂しませた。然し、人々は私が本を讀むことから左傾してると噂をはじめた、馬鹿な私は別にそれを打消さうともしなかつた、低級な讀物に耽る同僚たちを嗤笑ふ氣持さへ示した。上役に對して自分を卑屈にする彼等、個性を棄てた彼等、生氣の失せた彼等は私を日毎に深い沈鬱にさそつた、私は彼等から離れたかつた、もつと朗かな生活が欲しかつた、けれども私達母子の生活の資を得るために、私は別の手段を見出すことは出來なかつた。母の生きてゐる間は！　この私の決意を踏みにじつて、私はいま一人つめたい街路へ放り出されてしまつたのだ。

G氏は苦勞人らしい言葉で私を勵ませてくれた、私も昨夜來押えつづけてきた心の一部を吐き出して、いくらかの心安さを感じた、一日も早く新しい仕事を見付けて、母を安心させた上で私の失職を告げやうと考へた。やはらかい夕暮の陽のあたつてゐる長い塀に沿ふて歩きながら、私はそれからそれと先輩や知人を思ひ浮べた。

月曜日は陰鬱な雨の日だつた。勤めに行く風を装つて私は家を出た、いつておいで、と言つた母の聲が何處までも私を追駈けてきた、いつものやうに私は省線へ乗つた、T驛で降りた、人々は出勤時間を氣にしながら私の横をすりぬけるやうにして、雨のビルディング街に流れていつた、私は放浪者のやうにぼんやりと待合室へ入つた、雨が窓硝子を濡らしてゐた。私は友人のNに電話をかけてみた、すこし話したいことがあるのだといふと、今日は暇なんだから直ぐ來給へ、と彼は言つた、私はNのゐるアパアトへ車を向けた。

はじめのうち、Nは私の失職を冗談だらうといつて取り合はなかつたが、私の顏色は直ぐ彼から笑を消した、困つたことだねえ、とNはしみじみと言つた、彼は彼の知つてゐる限りの有力者に宛てた紹介狀を私に書いてくれた、彼の講師をしてゐる大學にも、何か仕事を見付けるやうに努力してみやうといつてくれた、私は嬉しかつた。

その次の日から二週間ばかり、私は仕事を探すために色々の人を訪ねた、然しすでに無駄な努力だつた、何處にも拒絶の黑い手が私を待つてゐた、夜は底知れぬ憂愁に私を沈めた、萬一をねがつて書き上げた履歴書を、夜更けて投函しながら、私はボコンといふポストの底の響を胸に泌みて感じた。

母はこの頃の私の樣子を不審に思ひ出した、元氣のない私を見て、お金がないのなら上げるといつた、戀愛の悒鬱ならお話しといつた。私はすべてを打明けた方がいいと思つた、すべに母の氣になり出した以上、私が口を開かないことはいたずらに病人の心を重くするばかりだと思つた、然しそれは堪へ難かつた、もう一息ふみとどまらうと私は自分を勵ました、やさしい母の言葉に對しても最後の力をつくしてみやうと考へた、だが毎日勤めに出てゐるやうな態度を裝ひつづけることは、私をすつかり憔悴させた、或る日、私は疲れ倒れるやうに母の前に私の失職を打ち明けてしまつた。母は瞬間顏色を變へた、がすぐやさしい聲で、何故早く話さなかつたの、一人でそんなに心配したつてどうにもならないものを、HにもMにも話せば何處かまた勤め口があるでせう、出來てしまつたことは仕方がない、さあ元氣をお出し、と言つた。私は顏が上げられなかつた、病氣の母に想像外の落ちついた言葉を聞いて、私は覺えず涙を落した。

歩くことの出來ない母は、HやMの親戚に私の就職依賴の長い手紙を書いた、一ヶ月二ヶ月と時が過ぎた、私は光りのない毎日を送つた。勝氣な母は、HやMに自身で會へばきつとどうにかなるのだと言つた、然しそれが一片の空想に過ぎないことを私は知つてゐた、でも私は恐ろしい現實を告げて、母の希望をこわしてはならないと思つた。母のこの空想は私にとつても一つの慰めでめつた。

その夏、私は友人のすすめで探偵小說を書いてみやうと思つた、それは金を取る一番可能性のある方法だと、その友人は言つた。私は西日の一ぱいに射す自分の部屋で、痛む齒に氷をあてながら百枚餘りの探偵小說を書いた、仕事をしてゐる愉しさが幾らか私を明るくした、酷暑の一ヶ月を私はその仕事のために忘れた、私は希望に充ちてその原稿を友人のところへ送つた。然し二ケ月ばかりたつと、その小說は餘りに長過ぎるといふ理由で、雜誌社から戾されてきた、私はそれを母に話さなかつた。

或る晩、私はこんな夢を見た。――

私は母の手を引いて夢中で雪の曠野を駈けてゐる、何處へ行くのだ、私は知らない。

ゴオ！ ゴオ！ ツと、空が呻きをあげてゐる、巖のやうな暗い雲が私たちの頭の上に落ちてくる、私と母は抱きながら逃げる、何處かで急に火が燃え出しさうな氣がする。いつか私たちは見知らぬ山上の小屋の前に立つてゐる、小屋の中に灰色の竹藪が見える、朽ち果てた階段が私たちの前に見えてくる、何が黴をふくんだやうな風が流れてくる、私は怖ろしくなる、逃げ出さうとする、だが何物かが私たちを摑まへて放さないのだ。空の唸りはまだ止まない、あたりはだんだん闇の底へ沈んでいく。その時、私は一發の銃聲をきいた、つゞいて第二發、私たちの目前で小屋の窓硝子が花粉のやうに碎けた、僕は一瞬ハツとして雪の曠原を見渡す、熊のやうな一人の男が、私たちに銃口を向けながら馬のやうな齒をむき出して駈けてくる、搔き亂されたおどろ髮が汗にまみれて、海草のやうにその男の額に垂れてゐる、私は本能的に母を抱きよせた。銃聲はなほ空にひびいた、私は母を抱えて球のやうに雪の曠原を轉落した、私は死が恐かつた、然し、再び私が眼を見開いたとき、私は思はずアツと叫びをあげた、私の胸は破れた、私は大聲をあげて泣き叫んだ、母の顏が眞蒼なのだ、體がつめたい、彼女の額が鐵のやうにつめたい、母は石のやうに永遠に默りこんでしまつたのだ！ 眞黑な曠野のただ中で、私は一人狂人のやうな叫びをあげつづけた。

夜々の不安を慰めるために、私はその頃いくつもの詩を書いた、夜明けちかい仄明るさを窓の外に見るころまで、私は詩を書き、聲をあげてそれを讀みつづけた、それは僧院にゐる靜けさに私を誘つてくれた。

つめたい枯草の中で、僕の小鳥は死にかけてゐる。荒い冬の日はすでに落ちて、遠い木枯しが僕の眠りをさまたげる。病床から僕は母を呼ぶ、誰も答へない、僕は靜かに目を閉ぢる。洋燈の消えた部屋の中に、雪のやうに落葉が降つてゐる。

一匹の白い蝶が夕暮の僕の船室《ケビン》に舞ひ落ちる
あぢさゐ色の空の向ふで蒼ざめたふるさとの手があがる
ひろげた旅行案内《ベテガ》の上に僕の胸の花が散る

海の上に夜が落ちる
僕は僕に手紙を書く、暗いランプの影で
月光を浴びた黑い魚が、僕の船室《ケビン》の窓硝子を叩く

私の友人たちは、私の詩がつまらないと言つた、難しいと言つた私は反駁する氣持も持てなかつた、私自身が慰められればそれでいいと思つた。秋ももう終りに近かつた。

或る日、親戚のMから私の就職口があるといつてきた、母は瞳を輝かしてゐた、私は久し振りに卒業成績を貰ふために母校の門をくぐつた、恩師のM博士に會つた、M博士は私にはじめてマルクスを教へた經濟學者だつた、然し今の私はすでに白髪の見え初めた博士を前に、久濶を迷ぶる以外にむかしの感激をもつて恩師の姿に見入ることは出來なかつた。

私は或る役所の階段をのぼつた、忙しく廊下を歩く人々の影や、部屋々々から洩れる喧しい人聲は、私を重く押えつけた、二千人を越える人間がこの小さな建物の中で、希望もなく働いてゐることを考へると、私の心は籠から飛び出さうと羽搏く小鳥のやうにふるえた。私は一人の課長と會つた、しげしげ私の姿に見入りながら、とても貴方には勤まりますまい、何しろ給料は安いし、仕事は單調だし、それになるべく二十歳前後の人が慾しいんでしてね。と言つた、私は悲しくなかつた、私にはほかにまだ何か出來ることがあるやうに思はれた、私はいま神の試練の前に立つてゐるのだ、私は明るい氣持で街へ出た。だがパンはどうして得るのだ？　私はやつぱり

黒い塀にぶつかつてしまつた。

母の病氣は大部良くなつた、起き上つて菊の花の手入れをしたり、小春日和のなかで昔の紙人形をこしらへたりしてゐた、その姿はいぢらしかつた、僞すこともなくぼんやり日を暮してゐる意地のない私に、ただ一言の叱責の言葉も與へず、生活の不安を色にも出さない母のものごしは、無言の强力で私を激勵した。

或る場所で聽いた岡本文彌の左翼新內は、私を異常に昂奮させた、弱い者におくられた凄じい聲援の渦を、私は深い感激の中に聞いた、私は嬉しさに涙さへ浮べた。そこに正しい道があると思つた、何故默つてゐるのだ！何故叫ばないのか！　私は自分を責めた、けれども私は母を棄てることは出來なかつた、牢獄は恐ろしかつた、私の弱さは迫害に堪へられなかつた、私があちらへ行つた後の母の氣持を想ふことは苦しかつた、老先の短い母には、せめて最後の數年を幸福に暮させたかつた、一人の友人は、私を個人主義的センチメンタリストと嗤笑つた、然し私の感情はこのセンチメンタリズムを一つの意志にしてゐた。暗い氣持で私は家へ歸つた。

音もなく雪がふつてゐる……。私は冬木立の並木道を歩いてゐる、蒼い瓦斯燈のまはりで、雪が蛾のやうに踊つてゐる。と見ると、いつか私の前の街燈を背負つて海坊主のやうな黑い影が、ぼうつと浮びあがつてゐる……あ奴だ！　と思ふと私の體はふるえはじめた、私は思はず並木の影に立ちすくんでしまつた。あ奴といふのはその頃新聞を賑はしてゐた、或る兇暴な殺人狂のことだ。その海坊主は、煙のやうに私の方へ歩んできた、あツと叫びをあげて、私は兩手で顏を掩つた…………

私は瞬間目を覺してしまつた、つめたい汗が體をするすると流れた、何時なんだらう暗い夜の光を窓の外に見て、私はホツと吐息をついた。裏の溝川を流れる音がチヨロチヨロと小止みなく聞える、蟲の聲が雨のやうに降つてゐた、三時が鳴つた、眞夜の街を走る自動車の遠い響は、蜜蜂の唸りのやうに聞えた、外は未だ夜だつた、私は太陽が慾しかつた、朗かな朝の大氣を吸ひたかつた、私はそつと窓を明けた、靄の中の街燈が疲れた私の眼にはまぶしかつた、夜明けちかい冷氣が私には快かつた、私はそつと母の部屋へ入つてみた、母は靜かに寢入つてゐた健康さうな寢息だつた、私は嬉しかつた、靜かに母の寢床の横へ横はつて、私は天井を見上げた、何處かで一番鷄の鳴くのが聞えた。　（未定稿）

短詩

長岡輝子

灯のついたエッフェル塔を
みんなで手を繋いで
グル／＼まはりませう。

私達の憧れが　高く／＼
花火の様に上つては

エッフエル塔を明滅させる。

×

長い裾を持つて
カドリールを踊りませう。
ちよいと　其間
私の心を　貴方に與《アツ》けて。

×

青い野原を　眞直に
馳けて　馳けて　馳け抜けば
地球は矢張り丸く
春はどこまでも手を繋いでる。

×

ロマンティック、
いくら風船玉をつけても
もう私は

現實に根ざした樹。

×

風の日
蒼空を
搔き廻し度い樹達、
空間の深さを
知らない樹達。

×

青空に滲む
正午の汽笛
退屈な生活の窓を明け
若さ一杯で憧れる
躍動の國、
生きて居る國。

悲劇役者

（ジヤン・デボルド）

若園清太郎

1

太陽でさへ斑點をもつてゐるのに、君の心はそれを持たない。君は僕に、毎日、その狀況を呈示してくれる、悪の存在を知つて驚く君の驚愕を。

君は悲劇役者（卓越した文章構成法の本）を書きあげたところだ。君は僕の四つの詩を引用句風に引證する。その代りに、僕は君に此覺書を進呈する、何故なら、君は、鴉片がやゝ似てゐるところの深奥な輕妙さを有るが儘もつてゐるから。

——ジヤン　コクトオ（オピアムより）——

彼は、ある夜、夢の名殘りのなかで睡りを煩がるかの様に、いやいやながら目覺めていつた。彼は、その眠りの中で、歎きと呻き聲に悩まされた。そしてあまりの苦しさに程なく目を醒した。と、犬の唸り聲と玄關の戸を引掻く音を臺處にきいた。

冬。犬達は臺處に入れられる。蓆の上で彼等はねむる。犬小屋の中は寒いのであらう、犬達は絶へず喧しく歎き續けたり、戸を尻尾で敲いたり、雨戸に石を蹴りなげたりした。

唸り聲は止まなかつた。哀れつぽい、息も絶へだへな犬の呻き聲。理由《わけ》もないのに絶へず音をたてる戸の引手。くらがりのなかに目覺めた犬のさ中に不安が躍る。犬の心は不安に苛苛する。が、その不安は執拗く纒りついて離れない程つよく犬の胸にしがみつく。

彼は起き上る。歯ががたがた鳴る。ひどく寒い。硝子は心が寒さで傷けられる程冷へてゐる。著物をかぶる。下の方で、犬達は寒さを訴へ續ける、彼等が切に欲してゐる戸の前でお互に押しあひこんぼをしながら、彼は椅子の上にだらしなく脱ぎ捨てた著物を着る。彼はベツドからおりる。犬達は彼をきゝつけて騒ぎ立つ。彼等がすぐ近くにゐる玄關まで來た時、彼は、硝子格子戸越しに、一人の婦人が庭を通つて行くのを見つける。一瞥で、彼はその婦人が誰であつたかを知つた。犬達はそれを先刻から知つてゐたものらしく、しきりに動揺するが至極溫和しい。さうして彼を見るなり、彼等の夜の警報が危險なものでなかつたことを、それが家族の人であつたことを彼にしらせた。

彼は母のあとをつけやうと思ふ。が、若しかすると未だ母が庭から外へ出ないのではなからうか？ を怖れて、そうつと戸を開けてから再び閉めなほした。外は凍てついてゐた。彼は出來るだけスリッパの音を立てずに歩いた。夜は彼のみが彼の企さへも隱し、背後から彼を前におした。然し、人の祕密、しかも母の祕密を探ると云ふ罪惡が彼を苦しめた。

　雪の絶間から浮き出た月の一部分が家をほの皎く輝してゐた。彼は身を屈めた。石の手摺の影が翳した踏段を彼はおりた。微かな心臓の鼓動は稀薄な夜の空氣の靜けさを深刻にした。彼は、夜、凍るときにどうして影が白くならなかつたかを不思議に思つた。垂れ下つたから葵と頭布を被つた薔薇だけが辛うじて花壇の災禍に耐へ忍んでゐた。彼方に、影像が草叢のぐるりをとり圍んでゐる。彼の母の身體の內側の樣にも思はれるわけの解らない影像。夜が地面に倒された爲にそれは二重になつてゐた。彼女は忍び戸に近よつて、鈴が鳴り響くのを片方の手で防ぎながら門をはずした。さうして何かうしろめたいことでもしてゐるかの樣に、彼女はそうつと戸を閉めた。その母の行動を、彼は怖怖、息を殺しながら見戍り續けた。

　空元氣をつけるために、彼は、母が出ていつてから、敷石の庭で「森に棲む空氣の精」を踊りたいと思つた。彼はみつめた、生きものの樣な影を、野獸的な影法師を、俄かに大きくなる影を。そして影の樣々な變化に恍惚とみとれる。

　順番に、彼は忍び戸の方へ近よつた。さうして鈴をおさへ乍ら用心深く戸をあけた。猫の子一匹さへ見當らない。耕作用の馬や小作人が繁々と通る凹みでぼこぼこしてゐる道。もう追付この道の彼方から郵便屋がやつて來るであらう。道の兩側を挾撃《はさみうち》してゐる榲桲《マルメロ》の木には、冬毎に熟した實が重さうに垂れ下る。彼は再び戸を閉める。

と、鈴は一度だけ鳴り響く。が、母には聞へなかつたらしい。

道のずつと彼方を、彼女は進む、こそこそと、しかし、息急切りながら孤りぽつちで、こんなもの悲しい夜に、その謎を解くために彼が幻を愛することは必要なのであらうか？　月は幻と同じ様にすつかり姿をかくして了つた。と、彼女は、今度は、轍によろめき乍ら、足速に歩き始めた。祕密を曳きづり乍ら。その祕密のあとを彼は辿つてゆく。坂道。轍は消へうせてゐる。そして道は丘の小高いところで行きどまつてゐる。寒さで凍てついた小石が突當る音が聽へる。胡桃樹の枯葉が押潰される音がする。足の下で葉ぱは碎ける。今、母はちつともあたりに注意せずに普通の歩度であるく。デンマーク犬やアルトア犬は、彼等の主人達がねむつてゐる時刻にきこへる異常な足音をきゝつけて納屋の奥から頓狂に吠へたてる。彼等は答へあつて吠へたり、または一聲に吠へたてたりした。

彼は一年ほど以前のことを憶ひだす、今夜と同じ様に混亂した氣持で夜の脱走を試みたときのことを。忍び足で、身をかゞめ乍ら、切に息を殺して、出來るだけ靜かに歩いた。草が彼にちよいと觸れても驚ろいてその場に立竦む程臆病になり乍ら。然し、その夜の脱走は此處！　と云ふところで諦めなければならない羽目におちいつて了つたが。その夜の寒さつたら、厚い羅紗服だのにしんしんと寒さが身に泌みた……愛の慾望が彼の勇氣を求めた時に彼は家を出た。殆ど廢物に近かつた自轉車は、彼があんまり無理矢理に全速力をだしたため、そこへ達くまでに、破損して了つた。彼は車軸が擦れるのをさけるために坐臺から食出て、ペタルを踏み乍ら、腫物にでも觸れる樣に怖怖自轉車を進ませた。

恰も母のためにするかの様に、枯葉はひそひそ話をする。鶏は夜もすがら歌ふ。犬達はくんくん鼻をならし乍ら上を嗅ぐ。熱しきつた、烈しい吠へ聲は一層つよくなつた。一ぴきの兎が上の空から跳び出した褐色の鼬に追はれて悲鳴をあげ乍ら道を横ぎる。數時間、目と同じ速さで進行する數時間、いたずらに吠へたてる孤りぽつちの犬の遠吼を了解することは怖ろしい。月は曉に溶解ける。彼は疲れ果て、失望して、力なく横たわるのみ。疲れきつた愛。歩みをさまたげる風雨の夜の恐怖。家畜小屋の明滅する灯。愛さうと努力するために夢中になつて走る青年がもつてゐる恐怖。

けれども、彼女は彼の樣に、どうして夜のたくらみや詳《つぶさ》を識つてゐるのであらうか？　この孤獨は一たい何に等しいのか？　この道を辿つてゆけば何處へ行くのであらうか？　そこに、彼に、慈愛の透視影があつた。時々、彼は、集合が忘れられて戸が閉つてゐる會合所をみつけた。彼は最早ちつとも歩度を差ひかへなかつた。けれども像《イマァジュ》は目の中で踊つた。彼は彼を恍惚とさせる青春に思はず目をみはつた。感情を空費して愛を得るために、努力には努力を、困難には困難を重ねた。

彼にとつて、それは愛のためだつたから當然の事なのだ。のにお母さん、あなたは一たい何しに行くのです？　どうするんです？　そこへ行つて……。彼女のすぐ後から彼も亦胡桃の樹の葉ぱを踏みしめる。彼女は坂をおりてくる。彼女は彼を感づかない。彼女は立ち停る。彼は刺客のする素速さで葡萄の木の繁みのうしろに身を潜める。彼は彼が識らうとしてゐた總てのことを忘れてゐる。あまりの感激に、興奮のために。彼はたくましい身體をしてゐるのに、戀をでもしてゐるかの様に彼は臆病になつてゐる。彼女は、今夜も亦、アルミイスティスの庭で歌つた様に、姿をかへて歌ひ出すのであらうか？　でなければ、ひよつとするとくらがりのなかで彼女は腕を延して何處かへ翩々と飛んでゆくのではなからうか？　しかし、どうしてだか、彼女は兎の陥穽《おとしあな》がそこかしこにある、狐と臭猫と鼬が澤山棲んでゐる森には入らない！

兎の陥穽……

道端に蹲つて、彼女手のなかに頭をうづめる。どうしたのであらう？　休息かしら？　彼は母に近づいてゆく、新新と皮膚に泌みる寒さにかゝわらず非常な熱さを感じながら。燃へるやうなあつさ。烈しい血液の循環。誰かゞさめざめと泣いてゐる。それはずつと遠くからきこへて來るのにどうして泪から煩悶と愛情が滲みでて來るのであらうか？　母の存在、外見《デコオル》、顏の裏側。いかに秀れた俳優でもそれを表現することはむつかしからう？

彼の心の激昂はこの沸騰の眞向ふに消滅して了つた。彼は冷靜さをとり戻す。落著く。眞面目だ。それだのに苛々する。と、遂に彼女は立ち上る。彼女はよろめく。彼は足がふらついた時に喜劇を演じたことを信じた。孤獨のために蹌踉とする？　それは彼女自身のためにであらうか？　それは息子のためなのであらうか？　それとも彼女は妖精なのかしら？

彼女は戻つて來る。彼女は再び家に歸る。靜かに彼女はあるく、そして彼がゐる殆ど傍まで來る。彼女が置き換へる風は彼の顔に喘ぐ、更に胡桃の樹の葉にまでも。なりをひそめて以來、すつかり吠へることを忘れてゐた形の附近の犬達は再び遠吠をはじめる。それは聽て、塒屋の宿木にねむつてゐる鶏たちやごつごつした麻の寢床にまどろむ農夫たちを目醒すであらう。二人は、別々に、次々に、家に歸る。彼女はひとりぽつちで歩き乍ら、彼は元の儘の孤獨をそつくり家に運び乍ら。

次々に、二人は同じ動作をする。忍び戸。鈴。戸口の踏段、そこに月光のきれはしがこぼれてゐる。扉越しに彼は喧しく吠へたてる犬達を宥める。

——しつ!……早く、おやすみ……僕だよ……僕達だよ……。

2

かうした不安心な追跡がすんでから彼は寢なほした。曖昧な疑問の波をまもなくよびおこしながら。

(私が他人であつたら、あの時もつと氣をつけて見る事が出來たのに。いつたいどんなことが行なはれてゐたのであらうか?)と彼は考へるのだつた。なにも行なはれてゐなかつたのであるが。

事實、追跡の第一歩から、彼は、誰だつてこんなことに干渉を試みなかつたであらうし、また誰だつてこの不可思議を解くことが出來なかつたであらうことを充分知つてゐた。小さい時から彼は謎々を解くのが上手だつた。そして彼は人々のおどろきを比較した。しかし、母のことについてとなると、その緊張がどうしたものかぢきに外の方面へ走つて了ふのが常だつた。未だにそれが彼には解らない。が、こんどは、どうやら彼が感じる感動がそれを了解させるのに役立つかも知れない、と思つて樣々に考へて見る。過去に溯つて調べる。

寢床の上に横になつたが、彼の頭はしきりに働く。母の振舞は、彼に、最も異常なことと云ふものはえてして單純な樣に見えるものだと云ふことを證據だてる。

たとへば、月光のこの散歩にしても、ひどく寒かつたために、母が苦しんでゐたり泣いてゐたりしたために一瞬間だけ彼女が夜のなかにひらひらと飛んでゆくのではなからうか？　などと考へることが出來たのみでその外はひどく魅力を失つてゐたことは事實だつた。

彼の子供のときの生活と云ふものは烈しい氣質を靜めやうとするためにその日その日を送つてゐたにすぎなかつた。現在の彼は恐怖にも理由をみいださうと努力した。あれこれと捜し求めてゐるうちに、遂々、家の悲劇がつながつた樣々な出來事が彼に近づいて來た。

この悲劇の眞相は長い間彼には解らなかつた。が、後になつて、ずつと後になつて、母が情熱的な人であつたことや田舎めいた人であつたことがなどが彼に解つて來た。情熱は彼女の身も心も燒きつくす。焔の面衣《ヴェール》につゝまれ、煙と湯氣をなびかせながら彼女は野原をかけまわる。

彼はある出來事を憶ひ出す。その出來事の結果は彼の青春の上にのしかゝつてゐた。この悲劇は、彼に愛の徑と不幸の徑とを、さししめした。母のもつてゐた情熱を彼も與にしてゐるからである。母と同じ樣な激しい血が彼にも流れてゐる。しかし、同じ樣な存在を受け襲いでゐたからと云つて、母に對する嘆美を彼は持たなかつたかも知れない。

その頃、母はまだ若かつた。寫眞と肖像畫は彼女が美しかつたことを物語つてゐる。けれども彼女はどんな氣さくをも勘定に入れなかつた。そのために彼女は幸福であることが出來た。矛盾する噓をついたのは彼女の奇癖のためだつた。不安心な氣持で、その結果が彼女に死を擦れさせた程の、不服をも工夫した。さうした爲に彼女は若くして青春を失ひ、そして、かたいぢな優しさ(何故なら彼女は噓つきの樣にものごとにそわそわする樣になつたから)、我儘さへも失なふやうになつて了つた。

彼は姉から貸してもらつたコンテス　セギュールの「休暇」を讀んだ。そのなかに出てくる小屋は彼を有頂天にさせた。彼は兩親の食堂の卓子の下にちつぽけな家をこしらへ、そこから外へはちつとも出なかつた。この場合は次の場面に重要である。

この隱れ家は誰もが、彼がまさかこんなところで暮してゐるとは氣がつかなかつたから、彼にとつて大變好都合な場所だつた。もう母から、「さあさ、ぶらぶらしてないで働くとか何とかするんですよ！」と云はれずにすんだ。天井は家具の脚、梁、疊椅子捻釘などや星の様に無數に數へることが出來る樞などで組立てられてあつた。

人形の部屋を彼は想像する。この彼の部屋は椅褥《イスブトン》で客間と仕切られてゐた。そして更にむかふには姉妹がモスリンの著物を縫ひに來る麻布置場があつた。境界をつくるために彼は物置でみつけて來た布を卓子のぐるりにぶらさげた。それから外に出ると、そこは兩親の本當の食堂で、椅子や小卓や肱掛椅子がならんでゐた。

耳聰い盲人《めくら》の様に、頭のうへに指貫《ゆびぬき》が轉がりおちると彼はにやにやと微笑む。布のへし折れる音は仕事のはじまる合圖だ。そしてうなる様な響は女中達が布を引張るからであらう。

高慢ちきな猫は彼の脚に座りこんで眠つて了ふ。身體があたたかくなると猫は鼾をかいたり、むやみに身體を動かしたりする。猫が目をさますと彼は怖ろしくなる。畜生め！　何ちうことをしやがるんだらう！　猫は座蒲團に飛びかゝつてまるで氣狂ひの樣にそれをひき裂く。けれども、彼がねむつてゐる間は、猫はちつとも惡戯をしない。紐で縛られた樣にじつとしてゐる。だから、誰も彼のことに氣づかない。足は卓子の下につこんだズボンから風をおくる。彼は珍らしげにその脚をみつめる。

子供と云ふものは屢々レースの襤褸布のなかや、腕と云はず脚と云はず頭まですつかり眞白くなりながら堅い捏粉のなかでねむつたりする。全く、兵隊のスープそつくり。彼はすべてのことをわすれる。子供らしいよろこびと呑氣さとを會得する。不器用な言葉ではあるが、夢のなかではすつかり學者のつもりでゐる。家がいびつになつたためにおこる音がこゝろよい眠りを遮る。すると、沈默《だんまり》の修業がはじまる。恐らくこゝが彼の青春の秀れたところであつたのであらう。彼は食事やおやつのときまで寢込む。おやつがすんで目が覺めると、もうとつぷり日が暮れてゐたりすることがある。猫の目がくらがりに輝いてゐる。光が近よつて來てパツと碎け、家具の上にちらつと影をおとす。夜はあつさと宵の新鮮な平和とを運んで來る。父が晝寢をすることを彼はこの隱れ家のなかにゐても知ることが出來た。父は寢床の上で起き上つたり寢返りをうつたりする。彼はまた階段を上下する猫の足音さへもきゝわけてゐる。彼は誰一人もが持つてゐない感覺を持つやうになつた。猫や犬の感覺のやうな。彼は夕方頃になるとやつて來る野菜泥棒の乘つかる椅子や床々のきしむ音や庭に出沒するその用心深い影繪さへも感覺する事が出來た。

春になると風が花畑からいゝ香りを運んで來た。あそこには、かくれんぼをする時ぶらさがつた石垣があつたつけ。夕方頃、影法師が木の樣になつたことを彼は憶ひ出した。

彼は時々とりとものない空想に耽ることがあつた。みんなが休息するときのほか、彼は滅多に家族とは一緒にならなかつた。が、この頃、どうしたのか兩親の態度が前とはうつて變つて違つてゐる。よそよそしい態度。それはたしかに烈しい心をかくすための不自然な態度にちがひなかつた。卓子の下で暮らすこと。それは悪戯であらうか？　眞理がまぜこぜになるに從つて遊びは生れて來るものだ。そして、そこから悲劇がはじまる……

荒々しい聲が彼の目を醒す。兩親の聲であつたことが彼にはすぐわかつた。

《殺すぞ！　父が叫ぶ。

——お撃ちなさい！　母が答へる。

——……

——お撃ちなさいつたら！

——先づ、白状するんだ、白状せ！

——何を白状するんです？

——もつと白状するんだ、繰返して……》

最初、少年は驚ろく。次に、あまりの怖ろしさに顫へる。ある劇的シーンを喚び起す。彼は身動もしない。それを見ることが出來ない。彼はおのゝき乍ら、きゝ耳をたてる。

（一たい、お前は巴里で何をしとつたんだ？ 子供達はお前と一緒だつたのか？ 子供達にどんな話をしてやつたんだ？ それを是非ともわしに答へるんだ！）

――わたしが巴里へ行つたことは白狀したではありませんか。それなのにあんたはこの上に何をききたいとおつしやるのです？

――どいつと會つたのか？ それを早く云つて見ろ！

――…………

――おまへは自分でようく知つちよるんだらう？ 人殺しでさへやりかねない女だからな、お前は！ 一たい、何處でこの男にあつたんだい？ ええ？……）

少年は思ひ出を調べて見る。巴里。そこで彼は母のそばからちつとも離れなかつた。そして何にもなかつた。實に長くて、全く退屈して了つた巴里の一日を再び憶ひ出す。彼等は薔薇が笑つてゐた公園の中を午後中ぶらぶらあるきをした。母は立ち留つたり、薔薇の匂ひを嗅いだり、溜息をついたり、手で頭をかゝへたりした。母は煩悶してゐるらしかつた。そして彼等は木蔭のベンチに腰をおろした。誰一人にも會はなかつた。彼は全く退屈した。巴里で、彼は公園の外何んにもみなかつた。母はよく嘘をついた。彼は氣ぬけがして、いつもぼんやりしてゐた。

居丈高になる兩親の身振りや蒼ざめた横顔が部屋中を一杯にするのを彼はまざまざと想像することが出來た。家《うち》の犬が他所《よそ》の犬達を寄び集める。幸福な生活が、平和な生活がすでに終りをつげて了つた、と彼は思ふ。そして想像はますます悪くなつて了ふ――賣が賣られて了ふ。母の死……。少くも彼にとつてこの隠れ家の最後の淡い幸福はこれまでのどんなものよりも優れてゐたのに。ああ！　この小さき夢想家は一たいどんななりゆきになるのであらうか？　と恰もクリスマスの玩具の袋をあげて見るときの様に心配げに緊張を續ける。

息のつまる様な長い沈默。嗚咽ばかりが續く。

と、父の低い聲がする。

（何處へでもゆくがいゝ。わしは子供達を育て上げやう。お前が幸福になるんなら……

――わたしはどこへも行きません。）

究然、のしかゝる様な何かゞ床にぶつつかつた。家具を搖り動かす爆音。柔かい手から六連發のピストルが滑り落ちてゐた。過つて發射されたのだ。

少年は窒息するやうに感じて思はづ口に手をあてがつた。彈丸は彼が座つてゐた横木のなかに射込まれたのだ。かぼそい聲が急に鋭い叫び聲に變る。目にみえない役者達は兩方の扉から逃げだして了つた。ピアノの鍵盤がなり響いてゐる。

小徑の砂利の上を遠ざかつていつた足音。そして、棚が荒々しく閉められるのをきいた。少年は家具のどよめきと再び戻つて來る靜けさのなかにじつとしてゐるのみ。

暫くすると、またもとの様になつた。彼はやつと立ち上つた。そして玄關のガラス戸の方へ歩き出した。正氣を失つてゐた。彼は義足の人がする様に歩いた。跛をひき乍ら。玄關の板石はいつもの様ではなかつた。天井から墜ちた壁土のきれぎれを彼は踏みにじつた家中はひつそりしてゐた。火事だつて、または土臺石を根こそぎひきぬき扉を毀して入る洪水だつてこんなにひどくは家の様子をかへなかつたであらう、と彼は思ふのだつた。眞夜中の風景が裂目から入つて來た。彼は野菜泥棒のことを考へる。そして階段をのぼつた。

思ひ出しただけでも身の毛がよだつさつきの出來事。彼は彼がやつとの思ひで一つの祕密をゆるめてゐたことを知つた。しかし、煎じつめれば、それは祕密と名のつくものではなかつた。そこに祕密の破片さへもひそんでゐなかつた祕密。それだのに父は一つの祕密をほじくりだしてゐたのだ。彼が兩親のそばにゐるとき彼の一つの言葉は兩親をまごつかせた。が、大人の嘘はお伽噺の謎よりも理解するのが困難だつた。たしかに母は嘘をついた！　そして彼だけがそれを知つてゐたのだ！　が、怖れが止んで了ふと、彼は思はず母に感心した。

太陽が板戸の隙間から入り込みはじめた。昨夜のありさまを思ひ浮べると彼は血が頬にのぼつて來るのを感じる。彼は母の心底に感心する。彼は、母が決して退歩せずに徹頭徹尾瞞し、上手に振舞ふことを知つてゐる。

父は苦しんだ。どんな風にけりがついたか？　それについては、父は母を愛してゐたと云ふことと、父は弱々しい、いゝ人だつたと云ふだけで充分であらう。父は毎日の犠牲者だつた。その犠牲に汚れがなかつただけにそれは一層罪つくりだつた。と云つて、田舍の風習をしらないで母を責めてはいけない。何故なら、田舍の風習と誰もが持つてゐる愛の糧は、人殺しやわるだくみや馬鹿げた事などから一歩も出ないから。


何かをとりに行かうと思つて姉妹の部屋を通りすごした時、彼は怖ろしさに胸がつまつた。母が氣絶してゐるのだ。地面に身體を二つに折り曲げて座りこみ、上半身を寢床に凭りかゝらせ乍ら。薔薇色の足掛蒲團からのめりでゝゐる蒼白な顔。どうしやう？　誰かを呼ばう、そして尋ねられたら、お父さんとお母さんが喧嘩をしたんだ、とでも答へやう。

彼はジョゼフを探しに行つた。彼は村から戻つて來たジョゼフに遭つた。あかりが點された。ジョゼフは水藥を拵へた。湯が沸いてゐるあいだにジョゼフは醫者に電話をかけた。少年は母の胴著のボダンをはずして母が腕を動かすまで扇いだ。と、母の顔に皺が寄つた。胸をあけたかつたのだ。少年は心臓のための藥のことを思ひ出し、その藥の名前をしきりにさがした。氣が遠くなつた時、その藥を嚥むとたちどころにけろり、と普通の狀態にかへることが出來た。また彼はこの藥が猫を苛々させると云ふ奇妙な効能を持つてゐることをも思ひ出した。前の木曜日に、一人の友達を手傳はせてそれを試したことがあつた。あまり効能《きゝめ》はなかつたが、猫が恍惚としたのは事實だつた。少し經つてから、二人は、大きなフラスコを盜み出して、どの猫にも試ようぢやないかとお互に約束したことがある。が、何時彼がそれを持つて歸つたが、どこへしまひこんだのかが彼には思ひ出すことが出來ない。彼は家搜しする。姉妹の化粧卓子を無茶苦茶に搔廻して探す。把手を黑い革でまいた燒ごてや毛髮用ピンやルーヂュなどがあつた。彼は母を盜視ながら爪鋏をとりだす。と、熱のこもつた何だかわけのわからないものが彼の搜索に觸れる。《擦過傷ナラバオキシフルオヨビ脫脂綿ニテヨク消毒シタ後、數回ニワタツテ之ヲ用フベシ》

　彼は母の手をとりあげた。《お母さんはいちばん最初に私に氣がつくにきまつてゐる、そしたら、もうお母さんは不幸なことなんか忘れて了ふにちがひない》と、彼は思つた。

　彼女は微かに動いてゐるやうである。頰がほんのりと赤味をおびて來る。頭から出てくるらしい？　ひへひへとした息が呼吸しだす。母のみてゐる夢が變るらしい？　彼女は驚ろいて目をさまし邊りをきよろきよろと見廻す。《お母さんは、亂暴なお父さんではなくて私だつたので安心してるな……》と彼は信ずるのだつた。そして「お父さんはいませんよ。」と云つた。彼女は答へ樣ともしないで、部屋にある色々なものをじろじろと見廻す。食堂での出來事、六連發のピストル、ある犧牲、苦しみなどを思ひ出してゐるのだ。不幸な運命は母がめざめるとすぐに訪問を準備する。そしてたへず母のめざめにしがみつく。彼は胸さわぎを感じて苛々する。このときから彼は運命の曲りくねりを知らうとする。彼は母に注意をあつめる。母の未來を考へて見る。妖術師の戀人。彼は沈默を守るであらう、無邪氣に馴合の無邪氣をつけ加け乍ら。（以下次號）

いんそむにや（ロヂエエル　ビトラツク）

坂口安吾

それからの幾夜、夜の白むまで空想を燃して、彼は茫漠たる象徴の追憶を高尚にした。追憶は澄み渡りつつ、ある日、彼の欲望や彼の呻吟や、その年頃には避け難い愚かさに、やがてふさわしいものとなつた――

Maurice Barrès

それはレアの、深い瞳の中だつた。山嶺から山嶺へ、死の靜寂な波が、私の誕生のささやかな火山へまで、その波音を漂はした。そしてその山の向ふ側まで。

夜の中頃、レアは私を森嚴な洞窟へ連れて行つた。その中で私は、もはや死ぬことを悅びとした。

お前は何を夢みてゐる？　お前は何處へ私を連れて行く？

ある朝、デエーブの一ホテルで、お前は寢床の上に裸だつた。そしてお前は舟醉ひに惱んでゐた。失はれた葛のやうに、お前は波のはためきを漂はした。そして私は、私も亦旅の不便に深く惱んでゐたために、お前の身近かに私の身體はもはや無いやうに考へられて心細くて、お前を搖り起さずにはゐられなかつたのだ。私はお前をだましはしない。この日ではないか、私達が新しい潮流を見つけ出したのは。

——パトリス……

お前は目を開きながら私に言つた。

——あたし、渚に膝まづいてゐたの。だけどあたし、船乘りの妹や娘ぢやなかつたのよ。それにあたし、泣いてなんかゐなかつたの。浪を、さうよ、お祈をささげながら睡りを待つ子供達のやうに、浪のくるのをぢつと待つてたの。變ね。そのときまであたし、杜の中で夜明けを待つてたんだわ。すると、獸が、まるで笑ひ聲みたいに、あたしを喰べちやつたの……だけど、あたし死ななかつたの。そのかわり、命を失つて海岸へ一人ぽつちで棄てられてたの。あたし海にいろんなこと祈つたりしてよ。それから、海の言葉がわかるやうに、あたしも海の眞似をしはぢめたの。すると、一人の男が、それが、あなたにとてもよく似てるんだけど、顏や格巧が、まるで別人なのよ、いきなり波から躍りあがつてあたしの方へ進んでくるの。その人、著物をつけないくせに、裸でもなかつたわ。さう……身體があつたかしら? 眼、さうだわ、眼をこすつたあとで、あたし達は時々空の中へ落ちてゆく紫色の王冠を見ることがなくつて? 丁度あんな風なのよ。その人、陸から二三間離れた海に立ち止つて、もう歩くことが出來ないの。あたし、力一杯その人を呼ぶんだけど、まるで幸福な聾のやうに動かずに、陸《オカ》に背中を向けやうとするの。あたし、びつくりして、〈あたしも死んでよ〉つて叫びながら、海へ跳び込んでその人の方へ泳ぎ出したの。パトリス！　あなただつたのね、あなたは、岩の上で、あたしをしつかり抱いてゐたわね。あたしその時、もう、足がなかつたわね。あたしの身體には、青い魚の鰭が生えてたのね。

レア、お前の夢は違い昔の人魚達の、神に創られた海の傳説を新らしくしたものに外ならなかつた。お前は死んでゐたのだ。そして全ての神秘は、お前のために開かれたのだつた。

樹々はやはり死んでゐる、丁度海のやうに。しかし私の夢の中では、槲の木から裸の乙女が生れ出るやうに、私の脾腹から牝山羊の足がお前を追ひ求めるために生れ出はしなかつたらう。お前と同じ神秘は、私のためには禁斷されてゐるのだつた。お前の嫉妬は、つひに其處に至るまで、私に全てを拒絶せしめたのだ。そしてお前の權力は、お前の瞳の兩側の國で、絶對の君主だつた。

私達の瞳が、その一杯の大きさの中で波紋を映し合つたとき、私達は、愛と死の、危險な結び目に立つてゐたのだ。それは怪物に似た二つのレンズが、二重の太陽の火の下に混亂した竈の口から、私達を魅惑したのだと言ふこともできやう。私達は、其處で、私達の愛に害を殘す私達の無役な肉を、私達の死に害を殘す私達の無役な骸骨を、みんな燒き棄ててしまつたのだ。

空間に重さを殘す全ての著衣を黐脱して、私達は、私達に時間を與へた見涯もない鬪戯場の中へ澄み渡ることができた。時間は、その感覺しうる深さを露出し、すべての感情を以て自ら化粧した。人生がその兩岸に建設した數々の風車は、彼等の法則と共に空轉した。そして私達は、もはや繼續を失つた背景の中へまぎれて、夜と晝が、毎日の光の中へ際限もなく描き出すそれらの螺旋を忘れつくした。

お前は睡つてゐた。そして私は、お前を目醒まさうと思ひはしなかつた。お前の休息する部屋は、いつたい何處にあるのだらう? そして其處にゐたあれは、あれはいつたい何處にゐる?

地球の路よりももつともつと長い路へ、古い過去の方角へ、私が旅立つたわづかな間に、私の周りを取りまいた全ての物は、私をどうして信じさせやう。たとへばお前自身さへ、草原に覆はれた大河の、高い高い瀑布の岸に居たではないか? お前は私に言つた、そんなものはわけなく飛び越せるではないか、足を濡らす朝露のやうなものではないか、と。又別の岸には、大陸横斷鐵道の線路に向つて展かれた家屋の中に、大きな額顏が私達を待つてゐた。高さ數間に餘る大きな顏が。

その家の娘の眼は、月の盈虧に順つて、開き、そして閉ぢ、又、窓一杯に溢れたその母の顏は、鳥類の秋波を送つた。

家路につき、家に著いて、私達は私達を再び發見した。家、人生が物質を限定するこのささやかな王國。かやうに、各の村に、各の家が、彼等の寶石と彼等の階段を持つてゐる。それは、風景畫のかけられた壁である、心の浸る瓶である、白布の下に光の孵卵する機械仕掛の寢臺である、饑饉のために澱粉を塗抹した肱掛椅子である、頸飾に下げたリキユールである、又青い血汐の最後の一滴をその巣の底に探し廻る裸な鳥である。

レア、お前の目醒めた時、私達はこの部屋を燒き棄てやうね。

レアは目覺めた。レアは電氣仕掛の燈臺にもたれて、彼の女の手を鏡の方へ延ばした。

――ああ！

レアは自分の映像に言葉をかけた。

――あたし、盲ではなかつたんだわ。まあ、なんて莫迦な豫感でせう。

そして私を見つけて、

――パトリス！　まあ、なんて夢！　いろんな猛獸が、みんなこの家へ飛び込んだの。

――さうだとも。レア。猛獸達はお前の眼を離しはしなかつたよ。海のやうに、樹のやうに、彼等も亦死んでゐるのだ。彼等はお前の眼で、世界に一番美くしい乗物を造るのだ。

彼の女は本當に目醒めたのだらうか？　レアは又睡りに落ちた。

ラムプは消え、夜の明りは、開かれた眼に私を驚愕させた。私の最後の言葉は、枝に鳴り渡る夜曲であつた。

「海のやうに、樹のやうに、獸達は死んでゐる」。

すべて咲き滿ちた花々が、私のいんそむにやを變形せしめた。臘製の廣い樹の葉に、武器と假面の波紋が搖れて、暑熱と共に上昇した。天井にだいやもんどの龜裂かがやき、壁紙の表には鋸の齒型を描いて模樣が散つた。

森林の眼は私達の寢床に忍び寄つた。初めに、雌狼の眼が、それはねぢけた針の圓盤であつた。蠶狗の眼、鐵の上衣に包まれた赤色の槍。豺の眼、小さく青いアブサンの玉。豹の眼は天鵞絨の波に石炭を燃やし、獅子の眼は二つの光る孔の中に黑色の屍體を灰と化した。熊の眼、ニツケルの頭巾に煮える蜂蜜。毒蛇の眼、焰の尖の瞋恚。鳥の眼、氷の山脈。そして又散り亂れる魚の眼は、沈沒した驅逐艦の消え失せた機械に群がる水蝕の耀やきであつた。

　これらの眼は、ありとあらゆる懊惱の前奏曲となるのであつた。及、火事、毒は、古めかしい三位一體を形造り、羊とそして女等は、おのがじし、これにその煩悶を打ち開けた。

　學舍の壁を飾るべき、大きなそして絢爛たる甲冑は、その巧緻とその殘酷を、赤道にたゆたふ獸群の瀑流から迸しり出た閃光に負ふのであつた。

　昔一人の外科醫は、彼が手術をほどこすべき一少女の閉ぢた眼の前で、突如狂氣に襲はれたといふ。彼はメスの刄で目蓋の肉を辛うじて半ば切り開いた時、絶叫をあげながら手術室の片隅へ飛び退いてゐたのだ。「犬を連れて來て呉れ！　犬を連れて來て呉れ！　こいつは雌狼だ！」

　獸よ、人類の聖母よ、死を得るために馴らされた全てのものを汝に繫ぎ合はすところの汝よ、汝は私を惹きつける唯一の國に住んでゐる。汝の征服された兄弟は闘戲場に、夢の國に放逐され——或者は基督敎徒を喰ひ、或者は赤きエプロンの少女と闘牛士を追求する。汝は、汝に蚊を與へ、太陽を與へ、惡熱を與ふる白き人間を食ひ得るであらう。汝の敵は彼等の遠征に、汝の目の麗はしき爆發を、又汝の髭の汝の爪の終焉の微光を、彼等の肖像の上に彼等の銃の中に運びゆく。汝等に水浴びせ、又冷き甘汁浴びせんとする木々の葉もて充たされた杜の陰に、彼等の骨片に取りかこまれて、汝は汝自身を爆碎し得るであらう。又最も豐富なる死の連鎖を支ふるその土地を、豐穰に育て耕し得るであらう。(長篇、「死の知覺」の第一章)

呪詛 （ポオル・エリュアール）

本多信

一匹の鷲が巌の上で、幸福な水平線を考へる。鷲は地球の運行を庇護する。慈愛の優しい色彩、悲しみの、瘠せた樹々の上の薄明り、星をつけた蜘蛛の七絃琴《リイル》、それらすべてのものの下にゐる男たちは、天上と同じに地上の獣《けもの》に似てゐる。そして高い雑草の中に、私の瞳の叢《くさむら》の中に、私の髪と私の夢の中に、一振りの刃《やいば》を引きずる者は、影のあらゆる記號をその腕に彫む者は、すでに墮ち込んでゐる、四つ色の花花の中に、瑠璃色の斑點を散らばせて。

明暗に沐浴《ゆあみ》する女

同じ日の午後、輕くお前は動く、そして輕く、砂と海が動く。

私は感嘆する、物の秩序に、石の秩序に、光の秩序に、そして時間の秩序に。

しかし、いづこへか滅び消えたこの影と、そして痛ましいこの元素。

黄昏、高雅はすでにあの天空にある。こゝでは、すべてが燃えひろがる火の中にうづくまる。

黄昏。海にはもう光りがない、そして又むかしのやうに、お前は海の中に眠る。

メランヂュ

ジャン・コクトオ
トリスタン・ツアラ
フィリツプ・スウボオ

白い本

断片（ジヤン　コクトオ）

この不幸な孤獨の中で、私は再び敎會にかへらうと思はなかつた。それは、あまりに容易《やさし》過ぎた。オスチイを藥の樣に使ひ、聖臺にネガチイフな幸福を得ることは。吾々の心を地上に魅力あるものの無くなつた時、吾々の心を天上に向けかへることは、容易かつた。私には、まだ、結婚の手段が殘つてゐた！　若し私が戀愛結婚をし樣としたのでなかつたのなら、私は一人の娘をあざむく不誠實さを發見することが出來たのだつた。

私はソルボンヌでマドモアゼル・Sを識つてゐた。彼女の、その男の子らしい動作は私の氣に入つてゐた。私は度々一人言した。若し私が結婚しなければならないのなら、私は總てのものの間で彼女を選ぶだらうと。私は彼女との舊交をつなぎ合はせた。私は彼女とその母親の一緒に住むオーテイユの家に屢々訪問した。さうして、私達はだん／＼にその結婚を可能なものに看做して行く樣に思はれた。私は彼女の氣に入られた。彼女の母親は年とつた娘として彼女の止まるのをを見ることを恐れてゐた。私達は、さうして間もなく婚約した。

彼女には一人の、私に知られない弟があつた。何故ならば、彼はその頃ロンドンの近くの或るジェズイットの學校にその學科を卒へ樣としてゐた。彼が歸つて來た。どうして私はこの私を苦しめ、私に他の容貌の下にかくされた不幸をもつて來る運命の惡意《いたづら》を理解することが出來たのだらう？　私は彼の內に、私が彼女の中に愛したものの、光り輝くのを見た。最初の一擊で、私は我々の不幸と、私に優しい存在として（彼女が）禁じられた儘取り殘されるのを感じた。私はそれから間もなく、このイギリス式の學校で育つた彼が、私との交際の中に、眞實に大きな打擊を受けたのを見た。彼は彼自身の魅力に驚いてゐた。さうして、私を愛しながら、この若い青年は彼自身の身を誤まつてしまつたのだつた。私達はひそかに會ひ、さうして私達の致命的なものひそかにを想像し合つた。

家の中の空氣は邪しまな熱情にかへられた。私達は私達の罪を巧みにかくし終はせた。が、この家の中の空氣は、私の何事も知らなかつたフイアンセを徐々に苦しめ出した。時のたつのにつれて、若い弟の私に示した愛情はだん〲情熱的になる樣に思はれた。恐らく、この熱情はあらゆる破壞する不思議な欲望を祕くしてゐたのであらう？　彼はその姉を、激しく憎んだ。さうして、彼は私に再び、私の結婚を破棄することを盟はせ樣とした。私は全力で制動機をかけた。私はこのカタストロフを遲らせたに過ぎない、この落つきを得樣と努力した。

或る夜、私の彼女を訪問しやうとした時、私は扉の向ふに扉をとほして來る激しい泣き聲を聞いた。可愛さうな娘は、床にうつ伏しになつた儘、ハンカチを口に當てゝ、髮を振り亂してたふれてゐた。彼女の前はその若い弟が立つて叫んでゐた。「あれは僕んだ！　僕んだ！　僕の！あの人はとても臆病だから言はれないんだ、だから！　僕が、それを言つてやるんだ！」

私はもう此の光景に耐へることは出來なかつた。私は彼の顏を打ちたゝいた程、その聲とその視線は冷たく殘忍だつた。

「君は君のその行爲を永遠に後悔するだらう」彼は叫びながら、かけ去つた。

私は私たちのこの犧牲者を慰め樣と努力した。が、間もなく、火藥の音を聞いた。私はかけよつた。私は部屋の扉《と》を私は開いた。もう遲かつた。私は彼がガラスの家具《アルモワーン》の下にたふれるのと、そのガラスの上に、額の高さに、その厚い唇とまだ呼吸《いき》のかゝつた儘の霧のあとを見た。

私はこの不運と不幸とが私をつけねらつてゐる社會に最早生きることは出來なかつた。それは私に不可能に思はれた。私の信念が私の死に走ることを。――さうして、この信念と、私の敎會の務めを怠たつてゐた不安が、私を修道院の考にさそつた。

私は神父Xに救ひを求めた。彼は私にこれらの決心を人が性急に出來ないことを語り、戒律の難いことと、私は私の力をMの修道院で試みなければならないことを知《をし》へた。彼は私を修道院長に手紙で委し、この修業が單なるヂレツタントの氣まぐれ以外の何物かであることを彼に語つて吳れたであらう。

私が修道院に着いた時、すべてのものは凍つてゐた。雪はとけて、冷たい雨と泥とにかはつてゐた。門衞は私を一人の僧に導かせた。私は彼のかたはらを默りながら、幾つかの穹窿《アーチ》の下を歩いて行つた。私は彼に修道院の務の時間に就いてたづねた。彼の答へた時、私は突然に顫えた。私は、その聲が（その肉體が、その容貌が）私に若さと美しさと年齡の魅惑を感じさせた、聲あの一つを聞いた。

彼はその頭巾をたれてゐた。そのプロフイルはくつきりと壁の上に浮き出てゐた。それは、アルフレツドのであり、Hのであり、ローズのであり、ジヤンヌのであり、ダルヂエロのであり、「パ・ド・シャンス」のであり、ギュスタヴのであり、さうして小作人の下僕のであつた。

私は力なくドン・Zの部屋の前についた。

ドン・Zの應對は情熱的であつた。彼は最早、神父Xからの手紙を机の上に置いてゐた。彼は若い僧を下がらせた。「あなたは知つてゐますか？　と、彼は聞いた。吾々の家が安樂さを缺き、さうして戒律が非常に固いのを。」

「神父、――と、私は答へた。私にはその戒律さへまだ柔し過ぎると答へるだけの理由を持つてゐるのです。私は私の不運をこの訪問で終るでせう。さうして、あなたの思ひ出を永久に忘れないでせう。」

さうして、修道院は最後の様に私を追ひ拂らつた。私は出發しなければならない。人里離れた所にほろびて行つたペール・ブランの一派を學ぶために。さうして、彼等は愛はたゞ清淨な自殺だけであつた。然し、神は、それをその樣に愛することさへも許したらうか？

私は立ち去る。さうして私はこの書物を殘す。若し人がそれを發見するのなら、これを出版をして呉れ。恐らく、――私が私を追ひのけながら一個の怪物を追ひのけなかつたのを、さうして、しかし、社會がそれを誤りと見なしたために最早生きることの出來なかつた、不思議な此の世の神の傑作の車仕掛の一つであつた一人の男を、理解させるためにそれは役立つだらう。

ラムボオの福音「いまこそ、迫害の時代だ」を置く代りに、青春は、より多く「愛は再び創造する」句の方を置くだらう。然し、社會は、愛することの苦しい經驗の數々を藝術の中では許す、彼等は藝術《それ》を眞面目なものとは扱はないから。然し、さうして實際の人生のなかでは、それを罪の様に非難する。

私は知つてゐる。ロシアの理想の様に、複數に生きる白蟻の理想は、その最高の形式《フォルム》のために單數者の一人を罰するのを。然し、人は、或る種の花の、或る種の果實の、富める者以外には味はれ感じられないのをさまたげることは出來ない、のだらう。

社會《ソウシエテ》の惡は、私の誠實さのために、一つの惡德を爲させた。私は去る。さうして、フランスではこの惡はカムバセレスの道德觀念《かんがへ》に依り、ナポレオン法典の長生きに依り無くならないだらう。然し、私は社會が私を大目に見ることを受付けない。何故ならば、それは私の、私の愛に對する愛と、自由への愛を傷つけた。


（一九三〇年五月）


これはコクトオの一番最近の小說「ル・リイヴル・ブラン」の（「オピオム」以後）最後の數頁であります。この小說を通じて、最近のコクトオの仕事を、コクトオの心境を知るために、此處に、ニュース的な興味として意譯したのであります。

なほ、この本は十數枚のデッサンが這入つてゐて、非常にさびしい本であります。全部が白い本で、その卷末に付けられた靑い色と、桃色の色の薄いデッサンは、その薄鼠色の塗られたデッサンと同時に、この本を非常に淋しい本にして居ます。それは一種の美しい効果をさへ擧げてゐるのであります。

この本の中に書かれた小說は、幾人かのペデラストと女性への戀愛で、それは幼年時代の思ひ出から初まつてゐます。恐らく現在の日本では譯されないであらうし、譯しても案外「興味無い」かも知れないのであります。

然し、この本の中に現はれたコクトオの文章は（この意譯では全然その方面に注意してありませんが）「恐ろべき子供達」（日本の譯名に從つて。）から以後のコクトオの偉れた簡明な文體と、讀者に感情を最早强制しない（强制しないことに依つて最も効果的である）偉れた手腕を示して居ます。例へば、―― pleurait といふ以外の言葉が、les jeus en feu といふ言葉が、それらの以外の言葉が如何に、使はれてゐるか。――（桂　一）

dada 宣言（トリスタン　ツアラ）

——fragment

人は常に過失を犯した。然し最も大なる過失は人が書いた詩である。饒舌は唯だひとつの存在理由をもつ。それは人を若返らせ且つまた聖書の傳統を維持する。饒舌は改良される軍營所の經理に依つて、煙草の官營に依つて、鐵道會社に依つて、病院に依つて、葬儀請負に依つて、織物工場に依つて、鼓舞される。饒舌は家庭の教養に依つて鼓舞される。饒舌は羅馬法王への獻金に依つて鼓舞される。會話から逃亡する各唾液の滴りは黄金に變化する。人は神の方則である三つの主要な方則、食べる、戀する、放尿する、を守るために常に神性を必要とし、又王様《ロワ》は旅行中であり、法令《ロワ》は苛酷であるので、目下支拂ふべきものは饒舌のみである。この饒舌が暫々自己を示顯する形態は DADA である。

×

ポエジイは必要であるか。僕はポエジイに對して大聲で叫んでゐる者達が、それを知らないでポエジイに或る心地良い完成を切望し準備してゐることを知つてゐる。彼等はそれを衞生學的未來と呼んでゐる。

人は常に眞近に藝術の絶滅を凝視してゐるものである。此處に於て人はより藝術である藝術を切望してゐる。衞生は純粋になる僕の神よ僕の神よ。

最早言語を信頼してはならないのか。何時から彼等は言語を表白する機關が思惟し欲するところのものの反對を表白するやうになつたのか。

最大の祕密は其處にある。即ち、

思惟は口のなかでつくられる。

×

先驗的に、換言すれば眼を閉ざした儘で、DADAは疑惑をあらゆる行爲の前に且つすべてのものの上に置く。DADAはすべてを疑惑する。DADAは犰狳である。すべてはDADAである。DADAを輕蔑し給へ。

×

アンティダダイスムはひとつの病氣、自己窃盗病《セルフクレプトマニ》である。人間の正規の狀態はDADAである。然し眞のdadaはDADAに反對する。

×

dadaの詩を書くために

新聞を手にとり給へ。

鋏を手にとり給へ。

その新聞のなかから諸君が書かんとする詩の長さをもつた記事を選擇し給へ。

記事を切り抜き給へ。

次に注意深くこのを記事形成してゐる各言葉を切り抜き給へ。そしてそれらを袋の中に入れ給へ。

緩漫に袋を搖り動かし給へ。

それからその切り抜きが袋から出てくる順序にそれらを引き出し給へ。

忠實にそれを寫し給へ。

詩は諸君に似るだらう。

そして諸君は實に獨創的なそして俗物には理解されないが實に魅惑的なサンスイビィリテをもつた作家になるのである。

×

DADAは犬である――コンパスである――嫌惡すべき粘土である――新しくもなく亦裸の日本の女でも

ない——球形感情の瓦斯クンクである——DADA は野獸的であるそして宣傳しない——DADA は容易に透明的且旋廻的變形をなせる生の一分量である。

×

DADA は一個の處女菌である

DADA は高價な生に反對する

DADA

思想營業無名會社

DADA は大統領の性に應じて種々なる色彩と391の態度をもつ

DADA は變形する——肯定する——同時に反對のことを言ふ——勿體振らない——叫ぶ——魚釣りをする。

DADA は重要にして急激な變化のカメレオンである

DADA は未來に反對する。DADA は死である。

DADA は白痴である。DADA 萬歲。DADA は文學上の流派ではない。DADA は怒號する。

×

鼻眼鏡のなかで生を化粧すること——愛撫の夜具——蝶のある武器飾——それらは生の小間使の生活である。

剃刀と交尾期の蚤の上に寢ること——氣壓計のなかを旅行すること——彈藥筒の如く放尿すること——へまをやること、白痴であること、神聖な瞬間に灌水浴をすること——打ち負かされること、常に最後にゐること——他人の言ふことに反對を叫ぶこと——僕達のなかで肥汲人と共に每日沐浴する神の浴室であり編輯室であること——それらはダダイストの生活である。

聰明であること――すべての人間を尊敬すること――戰場で死ぬこと――借金の申込に應じること――某々のために投票すること――自然及び繪畫に對する尊敬――dada の宣言に對して喚めき立てること――それらは人間の生活である。

(富士原清一)

紐育を彷徨ふ　(フィリップ　スウポオ)

――(チヤツプリン)――

シヤルロは朝早く山間の或る寂しい町に着いた。所が其處の住民は競つて家を棄て貴重なもの丈をサツクに入れて東へ々々と行くではないか。直ちにシヤルロは彼等に從ふことに定めた。

毎日々々彼等は歩いた。やつと或る繁華な町を横切ると港に達することが出來た。波頭場、其處には家のように大きな船舶が渡航者を待つてゐるのだ。移住者達は「何と立派な船なんだらう」とはしやぎ切つてゐた。皆云ひ合したように大きな希望を抱いて船橋を渡つたのだ。だけど定められた部屋に閉ぢ籠められ、息苦い幾時間が經過するに連れて人々の顔からは次第に希望の色が消えて行つた。

出發を告げる鐘が鳴つた。續いてサイレンが。船は動き出した。

移住者達は懐しい大陸に最後の別れを告げる。離れてゆくヨーロツパ。女達は泣き始めた。

「ふん、何でもないさ、これつ切りの話だ」

とシヤルロは考へた。

彼は殘る隅無く船内を歩き廻つた。船艙も料理場も機關部さへも見た。そして時々立ち止つては海面を眺めたり、釣をしてみたりした。食事の合圖のベルが響いた。皆空服だつたので先を爭つて食卓に就いた。だけどスープは少しもうまくなかつた。しかもお代りは出來なかつた。

食事後彼は甲板を歩き廻つた。或者はデッキの遊戲に耽つてゐる。中にはカルタを玩《もてあそ》んでゐるものもゐる。不圖誘はれてシャルロは其の群に近寄つた。所が急に氣が大きくなつて彼は幾許かを賭けた。それが又當つたものだ。確かに仲間はいい氣がしなかつたに違ひない。彼等は横目でシャルロの手付きを隙見し始めた。勿論シャルロはペテンなぞ使ひつこはない。不思議にも當り出して見る〱シャルロの前には札束が積まれる。皆すつかり財布の底をはたいて了つた。さあ皆承知しない。

だけどシャルロの方は一向平氣なもので、すつかり愉快になつて甲板を歩き續けるのだ。

人々は皆倦屈し切つてゐた。

甲板の上に一人の貧しそうな老婆が眠つてゐた。時々若い娘が老婆の寢顏を覗きに來た。

彼女は老婆の熟睡してゐるのを見濟ますと音のしないように靴の先で離れて行つた。シャルロも彼女の眞似をして其の後をつける。彼女はすばらしい娘だ。獨りでにシャルロは微笑み掛ける。びつくりした彼女は稍不安に驅られ乍らも微笑そ返へした。

だけど一向賭博者連はどうしても損失が諦め切れずしきりにあちこちを荒々しく歩いてゐた。そしてシャルロに會ふ度毎にいまいましげに齒軋りをした。

夜が來た。彼等は徜徉徊することを止めなかつた。するとシャルロはそれとなしに彼等の行動を視護つた。すると突然彼等は眠つてゐる老婆の方へ近付いた。そしてポケットをひつかき廻すと財布を攫つていち早く逃げて了つた。

「盗人!」とシャルロは叫んだけれど誰も駈け付け

なかつた。

それから暫くたつてシャルロは賭博者、いや盗人に出合つた。彼等はさつきの仇をするつもりで再びシャルロにカルタを申し込んだ。

だが悪い錢は身につかない。又もや見事シャルロが勝つて了つたのだ。老婆から金を奪つた頑丈な男は怨の余り、自分の周圍にあるものを手當り次第海の中に投げ入れた。

懷中は脹らがるし、すつかりいい氣になつたシャルロの耳に泣聲が聽えた。月の光を頼りに近寄つてみるとそれは可愛そうな老婆ではないか。傍らに娘も共に泣きじやくつてゐる。娘はさつきから老婆を慰めてゐるのだがどうにもならない。

シャルロは傍へ寄つて、識らない振りして自分の勝つた金の中から若干を老婆のポケツトへそーつと入れたが、又思ひ返へしてみて自分の所持金の半分を老婆に與へようと思ひ金を數へてゐると、其處へ人々が遣つて來た。

すると船長がシャルロが老婆のポケツトへ手を入れたのを見掛けたので、人々はシャルロを盗人と思ひ込んで了つた。

「いいえ、盗んだのは此の人ではありません」

と娘は其の場の有樣を人々に說明した。そして老婆はシャルロから與へられた贈物を返へそうとした。勿論シャルロはそれを受けよう筈はない。彼女の方も中々引き退らない。だけど到底シャルロが受けそうもないので遂ひに彼女の方で折れて了つた。彼女はシャルロに厚く禮を述べてそれを受取ると心からの感謝の笑顔を彼に投げた。

夕食のベルが鳴つた。幾人かの乘船者の姿が見えなかつた。風が吹き始めて海は荒れ狂ふた。船は盛んに搖れた。人々は不安に包まれた。移住者達は海に馴れてゐなかつた。一人づつ食卓を離れて船舷につかまりに行つた。

そしてしきりに吐き始めた。皆死ぬのではないかとさへ思つた。シヤルロは最後にテーブルを離れた。船醉と云ふものは傳染するものだ。

此の永い苦みの後やつと海は隱かになつた。間も無く陸影が見え始めた。

ニユーヨーク、自由の彫像、摩天閣、

ニユーヨーク、ドルと幸運の待つてゐる、

移住者達にひとりでに微笑が浮んで來る、太陽の光線が數限りない窓硝子に碎ける。

やつと着いたのだ。自由の彫像の影が船の上に落ちてゐる。移住者達は圍の中に入れられる。網に支へられ乍ら其の中で押し合つてゐる。彼等は唯少しも遠く地面を歩いてみたいのだ。さあ上陸だ。此處で人々はまるで盜人や罪人と同じように嚴重に取調べられる。シヤルロは老婆と其の娘について行こうと思つたのだが彼等は早く調査が終つたのでは時しか其の姿を見失つて了つた。

シヤルロは殆ど所持金を費ひ果して了つたので職業を求めに歩いた。だが何處でも定つて拒られた。何故なら彼は餘りに矮少であり、ひとが皆過ぎて其の上非常に弱々しかつた。金は段々と減つてゆく。それは思ふより速いものだ。何時かは金持になる時が來るだらう……明日こそは。今でこそ餘すこと僅か一ドルしかないが。こんな風に彼は希望丈は棄てなかつた。だが飢、これ丈は何處の國へ行つても變りはない、實に堪へ難いものだ。

どうにかしてパンの一片でも欲しい。彼はそう思つて街を歩き出した。ニユーヨークには實に澤山のレストランがある。其の中でも一軒のレストランが莫迦に彼の眼を牽いた。あかあかと燃えあがつた鍋から食欲をそそる肉と馬鈴薯の香が鼻をつく。彼は眼をつぶつて其の前を通り過ぎたが又引き返して來た。窓越しに裡を覗くと、客がうまそうに食事をしてゐる。噫、何と云ふ幸福者なんだらう！ とにかく入る丈は差し支へない。そして食べて了ふ迄は。それから後はどうにかなるだらう、先ず食べることが必要だ。そう定めると彼は思ひ切つて扉を押した。

此のレストランは實に設備が行き屆いてゐた。突然隅の方で呼笛が鳴ると數名のボーイが集つて來て一人の客の上に曲げられた肱が飛んで來だ。其の客は恐ろしく大きな男であつたが目茶苦茶に平手打を喰はされた。びつくりしたシャルロは傍らの客に「あの男は一體何をしたのですか?」と問ふたら「あいつは食つて金を費はないのさ。これで二度目だから恐れ入る。二度あることは三度あるつて云ふから又遺るかも知れない。そんなことをしようものなら唯じや歸さないつて。」

シャルロは恭々しく此の敎訓に感謝して、挨拶をするとのこのこ出て行つた。

ニューヨークは何と麗しい街なんだらう!

シャルロは一晩中歩いた。彼は街を駈け連り廻つて澤山の建物を見た。だがどの街にもどの家にも食べるものは發見らなかつた、

シャルロは無意識に歩を運んでゐた。彼は何時の間にかさつきのレストランの前に差し掛つてゐた、其處の閾の上に彼は疲勞の餘り腰を卸して了つた。自動車が止つた其の支拂ひの時に一枚の貨幣が滑り落ちて、音も立てずに鋪道の方へ轉つて行つた。それをじつとシャルロは熟視めてゐた。やがてタクシーが去りお客が內へ入ると、彼は重い脚を牽きづつて貨幣に近寄ると注意深く周圍を見廻してそれをポケットにおさめた。直ちに彼は勢込んで內へ入ると食事を注文した。

食事が來た。僅かのパンと豌豆と肉、それにミルク入のコーヒー、シャルロは靜かに食べた。所が不圖思ひ出してポケットへ手を遣つた時、どうしたと云ふことだ、貨幣が無いではないか、彼は忙いでポケットの中を捜した。穴が、ポケットの底に穴が開いてゐたのだ。彼は注意深く下を視た。あつた、貨幣が、所が運惡く其處へ頑丈なボーイが遣つて來て勘定を請求した。

「ちよつと待つて呉れ、もう少しで食事が終るから」しかもボーイは其の貨幣を踏んでゐるではないか。これではどうにもするわけにはゆかない。

やつとボーイが去つたと思ふと今度はシャルロが拾ふ前に隣の客が拾つて了つた。思はぬ儲物をして喜んだ其の客は直ぐボーイを呼んで勘定を命じた。するとボーイは妙な顔をしてゐるではないか。見るとそれは鉛だつたのだ。シャルロは考へないわけにゆかない。――運なんてどうなるかわからない。それにしてもこれからどうしようか！

シャルロは今し方見た光景を想ひ出すと身顫ひをしないわけにゆかない。だがうまく誰にも發見されずに逃げられれば、と思つて戸口の方をそーと見た。彼は靜かに立ち上つたが數歩行くか行かない中に例の頑丈なボーイに發見られて了つた、ボーイはシャルロに飛び掛つて勘定の支拂を求めた。

其處へいい具合に若い娘が入つて來た。見るとそれは彼と共に大西洋を横斷したあの娘ではないか。そこで彼は丁寧に彼女に挨拶して自分の食卓に招いた。そしてしつかりした口調で彼女の食事を命じた。

食事を採り乍ら彼女は其の後の不幸の數々をシャルロに語つた。母を失つた彼女は少しの蓄へもなかつたのだ。職業も別に無い。彼女はどうして生活していいか途方に暮れてゐるのだ。實にニューヨークはこんなにも廣い都會なのだ。彼女の此處へ入つて來たのも實は此のレストランに職を求めるが爲だつたのだ。一方シャルロは熱心に彼女の語るのを聽いてはいたが、微笑み掛ける彼女の親しみも、愛人の髪も腕も危ふく忘れそうであつた。何故ならボーイが兩人の周圍を始終監視してゐたから。ボーイはさも「貴方達は大分長く椅子を占めてゐられます。もうそろ〳〵他のお客さんにテーブルをお開け下さい」と云はんばかりの態度で勘定書を示した。「もう少し俺達を落着かして呉れ、實にニューヨークと云ふ所は不快な街だ」とシャルロは思つた。其處でシヤルロはボーイを欺く爲に三度目の食事を註文した。どうせ最後は撲られるのだらう。それなら一度でも三度でも痛い目に逢ふに變りはあるまいと思つたからだ。

彼等から少し離れた所に一人の脹つた髭を蓄へた男がゐた。其の男は絶へずシヤルロと其の連の方に眼を注いでゐて、同情に充ちた少し親み過ぎる微笑を投げてゐたのだ。シヤルロも遂ひ眼の合つた瞬間微笑に答へて了つた。すると其の男は近付いて來て談し掛けるのだ。

——何といいお天氣なんでしよう

こんな風にお互ひに談が交された。

執念深く叉もやボーイが勘定書を持つて來た。そこで其の男は私はして呉れと云つた。だがシヤルロは厚く辭退した。其の男も强ひてとは云はなかつた。シヤルロは考へた。「これは失敗つたぞ、少し丁寀を重んじ過ぎたかな」と。だが實際の所どうにもならなかつた。其處でシヤルロはボーイが後ろを向いた隙に勘定書を其の脹つた男の洒手の入つてゐる皿の中にそして入れた。そしてボーイに「さあ持つて行け！」と云ふと、太い嘆息をもらした。すると其の男が

——お隣りの方、わたしは畫家なんですが、實は適當なモデルを搜してゐるんですが、どうでしよう、お兩人でわたしの爲にモデルになつてはくれませんか、そうですね、一日に二ドル宛さしあげますが、

シヤルロは一應は拒つた。しかし結局は承知しないわけにゆかなかつた。

——有難ふ。ではわたしは此處に居りますから、明日からでも結構です。

兩人は其の畫家に禮を述べて外へ出た。全く運はどう變化するかわからない。シヤルロはしかも愛人を得ることが出來たのではないか。噫、ニユーヨーク！お前は何と麗しい街なのだらう。

外は車軸を流すような雨だつた。これから何處へ行

こうか？　それにしても金が無い。
其處へレストランから畫家が出て來たのでシャルロは彼の方へ飛んで行つた。
――もしお願ひ出來たら吾々の日給を幾等かお貸し願へませんかしら
――ええ、いいですとも、
畫家は心よく拾ドルばかりを與へて吳れた。シャルロは愛人の腕をとつて雨の中を宿を求めに歩いた。不圖彼は夫婦者の宿屋を發見けた。兩人は直ちに入つて行つた。
雨が降らうが風が吹こうが、又譬へ孤獨であらうともニューヨークの街、其處には一つの歌聲が流れて行つた。
シャルロは考へた。「これから愛人の氣持を安らかにしてゆく爲には少し貯蓄をしなければいけない」と。

×

常にシャルロは弱々しかつた。或日彼は獨りでゐた。彼は自分の周圍のものを眺めてゐた。先ず大きな警察の建物。其處には巷の總ゆる出來事が、世界の街々に起つた事件が集つて來るのだ。

彼は自分の部屋を拔け出した。高い建物の上から彼は渦を卷いてゐる雜沓の中へ飛び込んだのである。そして自然と人の流れに連れて行かれて了つた。街に黃昏が落ちて眩しい光の波が訪れた。タイヤ、アスハルト、塵埃、エンヂン等の香の中を會話が、喧噪が飛んだ。シャルロは救ひの聲を揚げた。しかし彼の傍らにある人波が彼を光の方へ方へと押し進めて行くのだ。

シャルロはちよつと頭を下げて自分の住んでゐる街の方向を考へてみた。だが勿論ぬかりつこはない。何か目印がないかと見廻してみた。こんな高い壁の連結ばかりではそんなもののありよう筈はない。彼はどうしていいからからない。

「ニューヨーク、ニューヨーク」、と彼は叫んだ。すると彼の底の方で誰かが答へた。「シャルロ、シャルロ」、と。

彼は夢をみてゐたのだ。彼が眼覺めた時は陽は既に大分高かつた。人々はもう仕事に取り掛つてゐた。しかしシャルロは床の上に横たはつた儘、他のことを考へてゐたのだ。機械の前で働き、事務室の椅子に腰掛けてゐるこれらの人々。彼はこれらの人々が羨ましかつた。だが彼自身としてはどうしてもそう云ふことをする氣にはなれないのだ。「自分は此の街に生活するには適さない人間だ」と考へてもみた。彼は自分の住んでゐた街、鐘が鳴り、犬の吠へる、太陽が家々の窓を覗き込むと子供等の笑つてゐる懐しい街を憶つた。ニューヨーク、此處では、音響の差別さへつかない。彼は樹木を捜しに十七階の階段を下りて行つた。そしてたつた一本の樹を發見た。これがニューヨークの森だ。樹の葉は雨の爲に重たげに煌いてゐた。だが眞のニューヨークの森林は、それは蟻のように絕へず休無しに行つたり來りしてゐる電車と自動車の流れに違ひない。それは常に動いてゐる、止ることを識らない森だ。彼は晝も夜も絕へ間なく此の茫大な劇に參加してゐる人々の爲に嘆息しないわけにゆかない。でもやがて彼はこれらの人々さへも同じ苦惱と恐怖を識つてゐるのだと氣付いて急に親しみが起きて來た。

或日彼は此の街を去つた。しかしシャルロは決して此の街を忘れなかつた。偉大な、力強い、恐怖に充ちた、そして殘酷な此の街を。

（江口　清）

三潴牧子氏の獨唱會

伊太利音樂が『見る』音樂であり、獨逸音樂が『聽かされる』音樂であり、佛蘭西音樂が『感覺する』の音樂であると云ふことを私は以前から考へてゐたが、今度、みつま・まき子氏第五回獨唱會、または今春來朝したアンリイ・ヂルマルシエクス氏演奏會を聽くに及んで更にその感を深くした。

音樂史に一瞥をなげるときそこに我々はあまりにも獨逸音樂――就中、ワグネル――の威力の爲に打拉がれその個性を失なつて了つた佛蘭西音樂を見る。ヴアンサン・ダンデイは「ワグネル論」（ドラグラーヴ音樂叢書）の結論の掉尾に於て次の如き一文を掲げてゐる。

――我々はワグネルの影響が、吾佛蘭西音樂藝術のために卓越した有益を齎らしたことを斷言するのを憚らない。

だが、最後に、我々は、バリシフアルの作者のそれの樣に美と愛の極致に我々の魂、精神《エスプリ》を高めることを實現するのを目的とし、それを使命と心得へる新らしき天才の出現を切に望むものである。と。

ヴアンサン・ダンデイのこの切望は空しくなかつた。見よ！　三色旗の下に立ち上る新興佛蘭西音樂藝術の狠火を！

だが或人は云ふであらう、近代佛蘭西音樂があまりにも單純であり、あまりにも「音樂」らしくない音樂であると。それは事實である、が、ここにこそ近代佛蘭西音樂の精神《エスプリ》が存在する。佛蘭西には佛蘭西の音樂が必要である。「單純《サンプリシテ》」。それはたしかに「エッセンス」である。「エッセンス」は多量を必要としない。今、佛蘭西新興音樂家達はその方向に進みつゝある。そして最早、奇術師的技巧を彼等は必要としなくなつたのだ。

かるが故に、近代佛蘭西音樂藝術に接する時、我々は絶えず「新鮮さ」を感覺する所以である。たしかに佛蘭西音樂は、獨逸音樂をきく時の樣な心の狀態で聽いてはならない。何故ならそれは「暴風」ではなくして「微風」であるから。斯うした近代佛蘭西音樂の本質を理解して歌つたみつま・まき子氏を偉とする。が、然し、私は、氏があまりに細心の注意を拂つた爲にその表現がともすれば「小品」的になりすぎた嫌のあつたことを遺憾と思ふものである。アンリ・ソオゲの『動物と彼等の人間』（エリユゥアル作詞）に於てそれを最も感じた。ジヤコブの『コクトオの六つの詩』はその性格をよく表現してゐたが『ミッセの三つの詩』にはあまり感心出來なかつた。最後の曲目、ジヤン・クラの三つのクリスマス（レオン・シヤンスレル作詩）は、それのもつ「異國情調《エクゾチイスム》」のために最も聽衆の記憶にのぼつたであらう。

私は某新聞でみつま・まき子氏に對する甘しからざる批評を見た。が、私はそれを信じない。！　何故なら私は屢々音樂批評家の鈌點を發見するから。私は音樂批評家が、その批評において、一つの音樂方程式から出發して、または一つの音樂理論を規準として批評を試みてゐるのをみかける。これは總ての音樂批評家の通有する鈌點では　（以下七八頁下段）

素朴なる揶揄

プロレタリア小説つてそんなに面白いと仰向るの！　でもあなたのは小説自體が面白いと言ふのでは無くて、その中に描かれてゐる生活が物珍らしいと言ふ程度なのでせう、そんなんぢや駄目よ、何馬鹿言ひなさいプロレタリア作品の内部には紅血が流れてゐると仰向るの、作家は肉體を削つてだしの様に一生懸命書いてゐるんですつて、プロレタリアの生活に沈潜してゐるんですつて、それはそうでせう、でも殘念なことに如何に紅血らしいものが流れてゐたつて、そんなこと、面白いと言ふことは常に必ずしも一致しませんわ、と云つて私ちつともブルジョアの作品に肩を持つんぢあなくつてよ、それは何んと言つてもプロレタリア作品の方ががサ〱としてゐても新鮮ですれ、意氣がありますれ、ぢあ新興藝術派をどう考へますかつてあれは大切なもの勿體ないものといつた感じですれ、でも勿體ながつて大切にしてゐたものが案外つまらないものつてことはよくありますれ、かう言ふとあなたは我が意を得たりつてな顔を爲さるのれ、でもまだ〱お聞きしたいことが澤山ありますのよ、一體プロレタリア作家と言ふものは始めから感情的にも理論的にも社會主義は絶對的によいものと決めていらつしやるのれ、そして資本主義社會の崩壊後はそれこそ必然的に社會主義社會が到來すると信じてゐますけれどあれは理論的に證明出來ることですの、あなた出來ると仰向るの、駄目よ、感情や、熱情で證明しては、あたし理論の話しが伺ひたいのよ、この頃あたしショウの賢明な婦人の社會主義と資本主義案内と云ふ本讀みましたの、ショウは經濟學者として隨分面白く社會主義の世界を描いてそれを奬めてゐますれ、駄目だあんなのは、あれは社會主義でなくつてフエビアニズムだつて、あゝあたしそんなことどうでもいゝの、えゝ何んですつてあなた唯物辯證法によればですつて、始まつたわれ、でもあたし少しは經濟知識がある積りなんですからあんまり難かしく言つても駄目よ、あゝあたし四年頃前にでも正宗白鳥氏が中央公論かで　第三階級と言ふのをプロレタリア階級と誤解して論じてあつたのをよく覺えてゐますれ、でも四五年前ですもの、こんなのは素人の御愛嬌と言ふものよ、でもあの勉強家の方ですもの今は何もかも知つてゐらつしやるに違ひないわ、でその唯物辯證法と言ふのは萬物はで、反合の法則に從つて發展して行くものだと抑向つたわれそれで發展の機關となるものはヘーゲルにあつては、神性、マルクスにあつては物質的生産力なんでせう、まだなに、却々精しいと思ひなさつて、あなた先これからよ、あつ忘れてたわ、あなた先に、資本主義社會が崩壊して社會主義社會の到來を理論的に證明出來ると言つたわれ、ではどうあなたにすれば資本主義社會が封建社會に立戻ることは絶對に是有ること無しと證明することは譯ないのれ、それはそうですつて、資本主義社會そのものは封建社會の止揚されて出來たものたからですつてつまり資本主義社會そのものが封建社會内部の矛盾によつて出來たものだからですつてそれはそうかも知れませんね、私まだ反對があるんですけれどあんまりするとあなたから叱られますからよしてその點は認めますわ、さて、これからが問題よ、よく聞いて頂戴、何をあなた嫌な顏をなさるの、そんなことで逃げやうとしても駄目よ、それで萬物はその內部に包藏する矛盾に依つて進展して行くんでしたわね、だから資本主義社會もその矛盾——一寸間語使つて見せませうか、何よろしいと云ふの、どうせ、資本の集中、利潤率の供下位でせうつて、えつ、そうよ、ほらそれに失業と產業の合利化でせう——に依つて社會主義社會が到來するんでしたわね、あたし、一寸生意氣云へば、嚴密な意味に於ては理論的には證明出來るとは思ひませんの、感情を拔きにしてはよ、その感情にどんな名稱を付けてもいゝわ、或は、倫理感と云つてもよい道義感と云つてもよいわ、かう云つたからと云つて、何も社會主義の到來を感情でアジつていゝか惡いかなどゝ言つてゐるのではないのよ、何だかうるさそうね、早くよすわ、少し待つてゐらつしやい、それであなたの論法に從つて社會主義社會が今の資本制度の社會の次に來ると確信してしまひますわ、でも社會主義の社會になつたつても人間の知識の進步があんまり天國の樂しさの爲めにピッタリと止る譯ではないからそれにつれて物質的生產力も進步する譯でせう、すると結局社會主義社會も亦、その爲めに、矛盾を生ずると言ふ譯ね、でもこれは結局少しも惡いことではないでせうこの矛盾に依つて社會主義社會が更により一層高い或る社會に止揚される譯ね、そんな机上の空論は止めなさいつて、社會主義社會より一層高い社會を想像するなんて空論なのかしらまあそれに違ひはありませんむでもプロレタリア作家なんて案外こんな理論的なことを考へて行く人は無いのね、どうあなた何んとか返事して下さいな、俺はそんなこと考へなかつた仰向るのではこの次まで考へなかつたと仰向るのではこの次まで考へて置いて下さいな、その時あなたの得意のマルクス主義文藝理論も拜聽するわ、あつあたしのオシヤベリも子守唄程度のものね、居眠りしては駄目よ、「終り」。

（大澤比呂夫）

（七六頁よりの續き） なからうか？ 純正なる「批評」をなす爲にはある種の觀念音樂を批評するにはあくまで音樂的にであらればならないと云ふ——に解剖を用ふる必要がある。獨逸音樂の位置から佛蘭西音樂をながめてはならない。一つの新らしい音樂を見るためには何時も過去から出發せずに永遠の「現在」に自分を置くことが必要である。

とまれ、新興佛蘭西音樂紹介者寥々たる我樂壇は、開拓者みつま・まき子氏をもつことは我々の欣喜に堪へざるところである。（若園淸太郎）

編輯後記

第三號から、同人の範圍を展ろげるため、此號の發行が遲れ、編輯同人一同の仕事も充分盡されなかつたことを遺憾に思ひます。

第三號には此等の收穫のあることと信じます。

なほ長島萃君の飜譯「白い夜々」は同君の病氣の爲め連載することが不可能になりました。その代りとし、ジヤン・デボルドの飜譯「悲劇役者」を連載します。

購讀に就いての一切の用件は岩波書店へ、雜誌寄贈その他の一切は左記宛お送り下さい。

市外田端四三五（葛巻方）靑い馬編輯

昭和六年五月二十五日印刷　靑い馬
昭和六年六月　一　日發行　第一號
定價金參拾錢

編輯兼發行者　東京府荏原郡矢口町安方一二七　坂口安吾
印刷者　東京市牛込區山吹町一九八　萩原芳雄
印刷所　東京市牛込區山吹町一九八　萩原印刷所

定價　一部　參拾五錢
半ヶ年分　貳圓
一ヶ年分　四圓
前金、直接御申込に限ります。

發行所　東京市神田區一ツ橋通町三　岩波書店
電話九段（33）一一八一番　二六二六番　二一〇八番　二一〇九番
振替口座東京二六二六〇番

《復刻版刊行にあたって》

一、本復刻版は、浅子逸男様、庄司達也様、公益財団法人日本近代文学館様の所蔵原本を提供していただき使用しました。記して感謝申し上げます。

一、復刻に際しては、原寸に近いサイズで収録し、表紙以外はすべて本文と同一の紙に墨色で印刷しました。

一、表紙の背文字は、原本の表示に基づいて新たに組んだものです。

一、鮮明な印刷となるよう努めましたが、原本自体の状態不良によって、印字が不鮮明あるいは判読が困難な箇所があります。

一、原本の中に、人権の見地から不適切な語句・表現・論、また明らかな学問上の誤りがある場合も、歴史的資料の復刻という性質上、そのまま収録しました。

三人社

青い馬　六月號　復刻版

青い馬　復刻版（全7冊＋別冊）

２０１９年６月２日　発行

揃定価　４８、０００円＋税

発行者　越水　治

発行所　株式会社　三人社

京都市左京区吉田二本松町４　白亜荘

電話０７５（７６２）０３６８

組　版　山響堂pro.

乱丁・落丁はお取替えいたします。

六月號コード ISBN978-4-86691-129-8

セットコード ISBN978-4-86691-127-4